这不是一般意义的抒情诗，

也不是另一个能说

一代。

爱 简

白发已悄然爬上两鬓
皱纹铭刻着苦难的忆念
青春不老
衰老的只是容颜
爱情啊,在风暴中经受考验
的确,我们是成人了
要坚定
要强顽
要永生永世地相爱着
向怀有恶意的生活宣战

## 告诉我,思想是什么

告诉我,思想是什么
告诉我,它是痛苦抑是欢乐
是折磨心灵的正义,又青又涩的苦果
静夜酿造丰收,它是一架台灯的寂寞

告诉我,思想是什么
请你告诉我,解尽我久远的疑惑
什么时候开始,它带来阵痛
而人们却习惯了它的死亡的缄默

## 岁暮寄淮上

经年苦雨经年风
未有相思如许浓
数尽南来无穷雁
淮上烟云黯几重

## 散文的牧歌

愈是痛苦,愈是沉默。
不发一声地沉默。
沉默得痛苦,
也可怕;
它还是沉默。

## 告 别

寂寞的爆竹响过了
周围是墨黑的天空
带来死殷的沉寂
节日啊,我向你告别
时间啊,我向你告别
我的生命开始了
我呼喊着告别而痛哭地奔向,
一个崭新的
白天

## 小纸片

那时节,你最需要支持
有思想的人是痛苦的
每次送你,月亮总在背后
也许,真的我们相见得晚了
也许,真的,我们相见得恰当
永远保留着这种单纯的、浓浓的思念
又痛苦又幸福的思念
在我们现在的生活中
这就非常非常地好
除此以外,还能有什么呢

## 关于冬天的故事

我知道冬天不会完的
前面还有无数的冬天
我当然、也像迎接春天一样的
迎接冬天
我不是畏惧,而是怀着战斗的豪情
写下这个关于冬天的故事

为了做一个真实的人，他整个奋斗了一生。

韬奋

谢冕 ——著

洪子诚 ——编选

谢冕与妻子陈素琰

我愿擦拭你的枕边泪
赠给你几片欢乐的云彩
我愿你健康地笑着,活着
永远有真的欢乐
直到那一天,蓝天里胜利的礼炮轰鸣
祖国的天空星月争辉,礼花盛开
旗浪,歌潮
人民在前进,人民举起了花的海

       谢冕,1969年

# 目录

编选说明 / 洪子诚　001

小纸片　004
告别　005
迎春　076
爱简　099
合欢（其一）　104
芦岸　108
合欢（其二）　111
赠别三章　114
寄茶　116
散文的牧歌　117

寻找月亮　　*123*

岁暮寄淮上　　*127*

关于冬天的故事　　*129*

祝福童年　　*137*

沙漠的歌　　*143*

墓铭　　*145*

北京（玉带桥）　　*146*

阳朔　　*148*

杭州（平湖秋月）　　*150*

北京（香山）　　*152*

扬州　　*154*

生活的思考　　*156*

上海　　*159*

厦门（鼓浪屿）　*161*

苏州　*163*

南京（雨花台）　*165*

镇江（金山寺）　*167*

福州　*169*

武汉（行吟阁）　*171*

无锡　*173*

南昌　*175*

昆明　*178*

贵阳（花溪）　*181*

重庆　*184*

成都（草堂）　*186*

西安（沉香亭）　*189*

桂林　*190*

杭州　*192*

天津　*194*

沙市　*196*

凯里（黔东南苗族侗族自治州首府）　*198*

爱筒　*201*

夜雨　*208*

爱筒　*210*

爱筒　*216*

告诉我，思想是什么　*219*

离别寻常事　*221*

# 编选说明

谢冕是新诗批评家、新诗史家、散文家，但许多人不知道他也是诗人。自1948年到1976年，他写的诗有四百余首。这些诗的写作集中在两个时期：1948年到1949年8月参军之前的中学阶段；1968年到1974年的"文革"期间。除个别诗作之外，绝大多数都没有公开刊载过。2012年，《谢冕编年文集》（北京大学出版社）出版，这些作品得以悉数收入。由于"编年文集"多达12卷六七百万字，一般读者难以阅读使用；加之文集体例是不同文类按时间混编，这些诗淹没在数量巨大的批评文字之中，仍无法得到关注。鉴于这一情况，将这些诗抽出单独成册就很有必要。

开始打算收录他的全部诗作编为《谢冕诗集》。后来想法有了改变，决定只选取写于1968年到1972年"文革"期间的部分作品。主要理由是：这是谢冕写得最好的诗。有坦率、真诚、浓烈的"真诗"的素质,显示了作者捕捉和熔铸山川、草木、民俗、历史文化以构造意象的想象力和抒情能力。这些诗有并非预设的主题:在时代和个人遭受"惊涛骇浪"时,爱情的"拯救"力量。这里的爱情既是儿女之情,也拓展并联结着关于时代、历史的承诺和责任的思考。

这本诗集的作者热情、豪放,乐于接纳外界的人和物,将快乐与他人分享。但他也有封闭的一面。这与其说是天生的性情,不如说是自觉的人格实践。一些事,许多的情感心理活动,特别是有关挫折、灾变,他沉默,紧闭心灵门窗。而这个时期的诗,由于是独语性质,可以看作他少见的精神自传。这些诗构造了我们并不熟悉的另一面:痛苦、坚毅,也柔情似水、缠绵。

20 世纪四五十年代,向往新生活而投身革命的理想主义者,面对当代的历史巨变和个人遭遇的挫折,普遍经历重新检验信仰的痛苦过程,普遍经历不同时间的"自我"之间的冲突和对话,在正视裂痕的情况下重建个体与时代的关系。谢冕这个时期的诗,特别是他长达一千二百多行的长诗《告别》,在对自我的"拷问"中,深刻、细腻地表达了这一过程。"告别"在他那里，既是决绝的，又是依恋的。这为理解谢冕"新时期"之后的历史观和艺术观提供了一个重要的依据。另外，由于这些作品呈现的是当年写作的原貌，没有进行修改，以符合另一历史时间的思想情感规范，掺入另一时间的体验。因此，具有一种难得的"精神化石"的价值。

一个人的光芒过于强烈，另一个人就可能处于暗影之中。这就需要借这个人曾经表达（也始终铭记于心）的热烈盟誓来照亮这个暗影，来让另一个人，让她固有的光彩得到彰显。这也是诗集名字采用"爱简"的缘由。这个考虑虽然排在最后，却并非无关紧要；在编选者看来，它甚至是最重要的。

这本诗集选入的作品，均按《谢冕编年文集》第2卷录入。由于已收入"编年文集"，每首诗诗题下的"未刊稿"字样就全部删去，其他不做任何改动。脚注为编选者所加：或交代某些诗写作的背景，或提示个别疑似的错、漏字。

洪子诚 2022 年 3 月

# 小纸片

那时节,你最需要支持
有思想的人是痛苦的
每次送你,月亮总在背后
也许,真的我们相见得晚了
也许,真的,我们相见得很恰当
永远保留着这种单纯的、浓浓的思念
又痛苦又幸福的思念
在我们现在的生活中
这就非常非常地好
除此以外,还能有什么呢

　　作者按:1967年是最严酷的岁月,我没有留下任何文字(也许有许多的"检讨"和"交代",但都找不到了)。这里的"小纸片"是夹在一个笔记本的内包封的,意外地留存了,约莫是1967年残留的文字。

# 告 别

> 死别已吞声
> 生别长恻恻
> ——杜甫

## 1

煤烟和雪粉,像一把扫帚
驱赶着挤挤撞撞的行人和车辆
轮胎在严寒的柏油路上艰难地挪动
汽车在尖叫,无轨电车在发抖
寒风,旗帜抖动着愤怒的火舌
叫着,跳着,宣布时间的告别
午夜,沉沉的钟声

镜春园[1]外,冰雪覆盖的小河之下
从玉泉山下来的流水悄悄私语
时间在颤抖着流动

钟摆拨向寒夜深沉的湖心
如静穆之夜瘦西湖的桨击
泛起轻轻的涟漪
时间,走向新的黎明
远近疏落的几声爆竹
装点着寂寞的凄凉的欢喜
二十年前礼炮的硝烟飘散
怕冷的星星,没精打采的路灯
那光影里,我看见当年的礼花和火炬
时间和时间,靠得这样近

于是我披衣而起
向月亮,向星星,向秃树枝上的残雪

---

[1] 镜春园,北京大学校园里的地名,未名湖北边的园林。

向千家万户酣畅的睡眠

向时间告别

## 2

向时间告别,痛苦而又决绝

带着深深的依恋,恻恻的别情

还有无可比拟的悔悟

如抛却歪歪斜斜涂满诗句的废纸

怜惜,但又鄙夷,我抛弃记忆

天真的憧憬,淡淡的哀愁,雾霭迷蒙的欢乐

光荣和羞耻、希望,还有梦幻般的幸福

都付之一炬,在微弱的亮光中

我陶然而醉,时间在火光中跳舞

点一支烟,我喷吐难以言状的悲哀

于冉冉之烟雾中

我为过去送葬,如初生的婴儿

打开蒙眬的睡眼

一切都陌生,神奇的、妙不可言的

晨曦在向我招手
那蛋黄搅拌着石灰的晨曦在招手
一个新的生命
投入我的走向衰损的躯壳
这时节,我雀跃的心
欢呼着

## 3

记忆
以她轻柔的手
翻开那发黄的带着霉气的书页
颤颤倒倒的模糊的字迹
记述着
死者的时间以及尚未死去的
眷念

南国、海滨,炎热的燃烧的阳光
榕树墨绿的叶子,紊乱的根须

满地紫色的果实

紫色的繁星，繁星般苦痛的日子

无止境如闽江滔滔的逝水

江上那激流中奋斗的木筏

犹如我的童年

苦闷、挣扎，冲突而又失望

透过那淌着甜汁的甘蔗园

即香气氤氲的柑橘的丛林

青翠欲滴的橄榄枝上，时常挂有上吊的人

五月，柚花飘香的街巷

残废的老人干涸的眼里流不出泪来

当铺，霓虹灯，大拍卖的嘈杂的军乐

美国兵的吉普，吉普车上的女郎

金元券如冥钱狂舞，还有饥饿，示威的人群

没有放声的童年

褴褛和屈辱装扮的童年

日寇鞭影中长大的童年

姐姐的嫁妆换取学费的童年

我学会幻想，学会期待

学会踮起脚尖,以饥渴的眼睛

翘首仰望山那边的沃野

谛听大江以北震撼心灵的炮声沉沉

耀眼的红旗和金星装饰了梦的天宇

希望,于是展翅而翔

一日,天色微明

八月南国的清晨依然清凉

隆隆的炮声代替了唱歌一般的叫卖

弹片自头顶呼啸而过

红袖章在竹篱间奔驰

神奇的日子突然降临

我含泪告别苍老而凄凉的父母

告别那小楼的灯火昏黄

那一个又一个涂写稚气的句子到天明的夜晚

蛙唱与稻香交织的诗的田野呀

龙眼树下的萤火呀

台风中落得满地都是的芒果呀

木屐敲打着石板的仲夏夜的梦呀

茉莉花呀

玉兰花呀

甜甜的,香香的童年的天地呀

含羞而屈辱的童年呀

永别了

当第一声礼炮在天安门上空轰鸣

宣告一个新时代的诞生

那一个夜晚

我穿着不合身的草深色军衣

手举普罗米修斯点燃的火炬

迎接古国数千年沉睡的黎明

腰鼓声中,秧歌步里,闪烁着

童稚的无邪的真诚

一个炎热的中午,我背起背包

闽江母亲以飞溅的泪花送我远行

激流中高亢的船歌

平山公司轮船的汽笛以热情的呼喊

向我告别

右肩，短短的马大盖，一百发子弹

左肩，一支胡琴

挎包里揣着油印的《改造我们的学习》

十七岁的班长

走在十八个战士的前面

走过熟悉的闽江大桥

从中洲岛上，眺望谷前山花一般的彩楼

怀念烟台山上难以忘怀的警号的尖叫

以及山间草丛童年的嬉戏

向家乡告别

我走向海

哦，生活的海，斗争的海

革命友谊的蔚蓝而透明的海

浩瀚无垠地在我面前展开

我的微弱的生命，从此

投入了博大宏伟的大海的怀抱

喧腾而且热情的大海

日夜与我谈论斗争的哲学
苦涩而腥味的海风
狼嚎虎啸的风夹着沙石
摇撼着窗棂的节日夜
水兵的帽穗,军号的红缨
还有那远去的白帆,巉岩下美丽的野菊花
相思树梢欢乐的鸽哨
渔家少妇扎着红绳的发髻
渔村静谧的灯火,彩贝和渔网
前沿哨所望远镜中敌岛的黑影
沙滩上巡逻队远去的足印
大海母亲的乳汁哺育了我
赋予我们新鲜的血液和气质

一天,大海发出怒吼
巨浪犹如山崩
我站在石城半岛的尖端
任恶浪冲打我的军衣
对着淡淡的南日岛眉一般的山影

含泪痛悼战友的牺牲

从此,我懂得音乐和鲜血

小提琴悦耳的歌唱和枪弹的呼啸

友谊,行军路上邂逅的欢乐

和浸透了鲜血的笔记本

靠得多么近

原来这是生活

这是,血淋淋的斗争


于是,在一个山村

尽管我还不曾上过靶场

便学会以稚嫩的手

把枪口对着敌人的头部

扣响了复仇的扳机

当焚烧地契的烈焰照亮

水吉河旁靠山临水的村落

乡亲们把写着自己名字的木牌插入解放的梯田

在一位同年女友先我填写了入党志愿书

而闹了整整一个星期的情绪之后

带着孩子般满足的微笑
当然还有纯洁的虔诚,举起右手
向镰刀和斧头的旗帜
宣誓

4

而此刻,北国严寒的静夜
透过热气蒸腾的窗口外望
朗润园[1]沿湖的柏油路上
路灯闪烁,残雪未消
那南日岛坑道中通宵不灭的烛火
闽北行军雪花漫舞的山道
莆田城外重机枪阵地上的扫盲黑板
龙田机场军报记者的短暂生涯
都成了过眼的烟云
时间已经过去

---

[1] 朗润园,北京大学校园中的园林名称。谢冕这个期间居住在校园东北角的朗润园12号公寓。

二十年的风风雨雨，刻下了满额的皱纹

依稀的白发，叹息着昔日的少年亲情

几纸诗章，一声长叹

这就是记忆和历史

而永远活着的是时间，只有时间

在那寒风中猎猎飞舞的旗帜的浪纹上

在那卷带着雪粉和煤烟的朔风中

在镜春园外封冰的小河下面

生命在跳跃着，欢呼着

前进

## 5

前此一刻

妻子[1] 微笑着读过这篇絮语的首页

---

[1] 陈素琰(1934— )，江苏南通人。1951年参军，曾为张家口军委工程学校学员，中央机要局教育科科员。1955年考入北京大学中文系，是谢冕大学同年级同学。大学期间担任中文系学

她斜倚床沿说，这里有穆木天的晦涩，还有

闻一多戴着镣铐在跳舞

我说不，我学的是一位有才华的诗人

而他那呼唤黎明的大气魄

我并未学到

诗，曾经是童年的唯一欢乐

诗是第二慈母

在青年时代，诗代替了爱情的追求

诗是我战斗的生命，美丽的想象

而在诸多失落的梦幻中

使我抱憾漫天的星

不能留下一句可以被人们所记住的诗

如今，对着斑白的鬓发

麻木而僵冻的思想

唯有长长的叹息

---

生会文化部部长，曾代表中文系1955级出席北京市青年社会主义建设积极分子代表大会。本科毕业后师从王瑶先生读现代文学专业研究生，后任《新建设》杂志编辑，中国社会科学院文学研究所研究员。

用以抒发幻灭的悲愁

诗已死去
我要谈论的是活着的爱情

爱情是玫瑰的色泽,是丁香的芬芳
经历过风刀雪剑的人才知道
比爱情更可珍贵的是战斗的旗,进军的号
爱情的升华是战友的情意
不仅是温柔缱绻的情爱
蜜的吻,热烈的抱
她的纽带是斗争的信念
为崇高目标而奋进的政治的驱遣

一望无际的海洋吞噬着天空和大陆
海洋彼岸,山峦重叠着山峦
干燥的北方的城郊,湿润的江南的水乡
风雪烈阳之下,凄淡的月夜和雾晨中
如此广漠的土地,如此寥阔的空间

妻子与我并肩站着
她是忠诚的持枪护卫的战友
只能有这么一个战友了
只能有这么一个战友了
我是多么幸福
我又是多么悲哀


那是暑热的八月,列车奔向长江
车窗外,长江用它那无垠的巨力
鼓动起浑黄的波浪
喧腾而热情地喊叫着
我的女友,她伸出那光滑的臂膀
向长江欢呼:
亲爱的母亲的江,你的女儿回来了
诗的情趣,诗的韵调
鼓动着我的诗情
长江、祖国、黄军装,孕育着爱情
爱的种子
在党和人民的沃土中抽出嫩芽

有花前月下的盟誓，有孤灯独影的愁闷

粉红色的信笺，拙笨而直率地表达激情的短句

最难忘那七月的雷雨之夜

未名湖畔钟亭内以心相许

隆隆的雷声滚过天边

粗大的雨点敲打白杨的润叶

仿佛是大锣大鼓歌唱爱情的坚贞

更有那，芳草凄迷的西子湖边

我们驰车掠过苏堤的林荫

扬州的中秋月，水柳在秋风中吟哦

五亭桥，画舫，撒了满地的笑语

雨花台前的静默

行吟阁畔的怀想

那个深情的八达岭之秋

看古长城在残阳下蠕蠕而动

当火树银花装点着长安古道

在景山高处，礼花的光影中祝祷祖国的繁荣

欢乐的氛围中出现的爱情

给人甜蜜的幸福

年轻人争辩说,这是千真万确的爱情

也许是千真万确,然而,我还要说

爱情款款的步履

不仅在婀娜的背影里

不仅在恬静的微笑中

不仅在狂热的诗句里,也不仅是在

树荫下,游艇中,在通红的酒杯

在狂欢夜的舞步,在悠扬的乐曲

爱情不都是笑声与音乐所组成

爱情有皱着眉头的叹息

有彻夜不眠的烦恼

当惊涛骇浪迎头打来

小舟在颠簸,爱情伸出援救的温柔的手

爱情化作了无畏的体力

不仅是相互吸引,相互满足

青春会消失,容颜要苍老

发辫和长裙

清脆而甜蜜的低语,都会褪色

而爱的火焰不灭

在共同的斗争中,胜利的炬火

不断把爱情燃烧

如今我要告诉那热恋中的少男和少女

爱情不是别的,爱情是给予,只能是给予

当艰难的日子来临,她要做出牺牲

只知索取的,不是娼妓,便是求乞

在那里,金钱,夜礼服,闪光的项链

美貌和虚假的笑靥,代替了

丘比特圣洁的箭

爱情是一杯蜜汁

然而,却会变成一碗苦水

逢场作戏的浪子只能有蜜汁的贪欲

而痴心的爱的捍卫者

却能将苦水一饮而尽

不皱眉,也不叹气

初恋,最初的拥抱和接吻

似乎是不可磨灭的记忆

那不是永恒

而存在于千万世代的
是那孕育于战斗,生发于战斗
并在战斗中永生的战友的情感
历史过去了,生命死亡了,而爱情活着
那动人心弦的爱的故事,爱的歌声
在大地,在空间,在后世人们的心中永生

有一天,我不在家
妻子接替了我,她抚养孩子
冒着寒风和冰雪艰难地跋涉
她默默地承受那难以言状的凌辱和拥挤
为过冬的花木浇水
让它继续生长绿叶,培育红花
在寂寞的寒夜,在灯下
她翻阅文稿,整理那残破的诗笺
这就是最坚贞的盟誓
永不褪色的婚书
永恒的心灵安慰者

## 爱 简

一个周末,孩子回来了
他对着我和妻子说,他做梦了
梦见两只狼追着爸爸和我
我笑了,我也做了一个梦
在一个峡谷,面临着深渊
一群狼扑向我这个弱者
争着吃我的肉
一只微笑的狼当胸扒开我的心
心流血了,流出殷红的血
这时节,是妻子的爱情
爱情化成了温柔的手
抚摸那破碎的心

斋堂川严寒的冬季 [1]
紫铜色的群山迎接过爱情
清水河临冬不冻的水流迎接过爱情
爱情显示过她那倔强和坚贞的性格

---

[1] 1960年谢冕大学毕业留校后,下放北京郊区门头沟农村,担任斋堂人民公社办公室主任近三年。

而如今，朗润园尘封的小房内

一切都死亡了

只有孤单的爱情在午夜闪着泪眼

活着的是流逝的时间

活着的是亘古不息的爱流

## 6

江汉平原，收获的季节[1]

洞庭湖沿岸飞来的雁群

以整齐的队行掠过澄碧的楚天

如一幅浅写淡描的水墨画

在秋风秋云里轻轻拂动

一只雁落地了

它拍打双翅奋力而追

力竭了，挣扎着，发出令人落泪的哀鸣

我凝立竹丛旁，我心落寞而凄然

---

[1] 1965年，作为"四清"工作队成员生活在长江边的湖北江陵农村。

这声音,仿佛自遥远的年代传来

沉沉的暗夜,荒村的孤灯

壁间长剑的寒光下,一函线装的书卷

诉说着希望的幻灭

长长的太息,那檐下蛛丝的飘动

随着时间的巨流

穿过风云变幻的朝朝代代

如今

化作了那回荡天际的

断续的凄凉的鸣声

这微弱的音响

在二十世纪末年一个平凡人的心灵深处

竟如万吨火药点燃了引线

发出了连锁的剧烈的爆炸


平原的冬季,如花的阳光

蚕豆花紫蝴蝶般飞遍绿野

江陵妇女艳丽的裙衫映照着翠绿的竹丛

簪竿如琵琶在秀丽的发髻上歌唱

银光熠耀,传出缕缕发油的芬香

素朴而诙谐的渔鼓,醇酒般令我沉醉

那一个元宵夜,如水的月色带着轻寒

谷场上梦一般清缓的江陵锣鼓

启示我云梦泽国昔日的风采

生活在这斑斓繁丽的乡间

犹如 读楚辞的篇章

每一页都飘散着浓郁而瑰丽的诗情

在鸡唱伴着炊烟的村落

在竹丛,在水滨

我找寻楚国那个悲愤诗人的行吟的身影

风起处,唯有竹叶的萧萧

一位故人自郢都的废墟归来

赠我一片楚国的残瓦

我欢喜,而且感激

怅惘中得到意外的满足

我裹之以红绸,珍存箧中

当心绪不宁的静夜

那古拙的瓦片便发出微光

远古的年代顿然醒来

与我做长夜的倾谈

祖国历史的长河之水

涌进我的血脉

与我鲜红的血液搅拌在一起

在我的周身循环,给我温热

推动心叶的开翕,给我生命之力

悠长的历史啊

亲爱的祖国啊

祖国古老而绚烂的文化呀

拖着彗星的光耀,划过茫茫的长空

如传说中星辰的投生

向我生命的母体飞奔而来,拥抱为一

我于是蜕变

生命变得丰满而崇高

我惊喜,欢呼,我如在梦中

不知道幸福究竟是何时降临

希望与幻灭同在,快乐与痛苦并生

荣誉与羞耻是孪生的兄弟

获得的愈多,必要以同等的付出抵偿

伴随着幸福的脚步而来的

是那无休止的骚扰心灵的不幸

在冥冥不可知的去处,命运撑着一个无情的天平

悠悠的历史给我无限的狂喜

而在那严酷而悲凉的述说中

在那古琴雄浑而单调的叮咚声里

在那被几代人摩挲得黄黄的,脆脆的木刻书页中

沉默啊,沉默啊

我变得是多么欢喜思索

我失去了一颗无忧虑的童心

夏夜的流星,迷蒙的月晕

无垠无际的浩浩长空

字迹模糊的残碑,千年沉吟的悲哀的诗句

无数的悲欢离合,壮烈的战斗和死亡

数千年的古史,如天边匆匆的行云

如滔滔不绝的逝水

是秋凉时节的冷雨

时时敲打我心的门扉

带来莫名的悲凉与悽惋

我消失了那童稚的雄心，无知的狂妄

从此

也开始了心灵的不幸生活

## 7

一日，我心烦忧

夹杂着难以抑制的激奋

我听到远处，长江以母性的声音

温柔而轻婉地向我召唤

心灵的磁铁，庄严的号令

我毅然渡江而南

那是长江的中段，惊心动魄的赤壁古战场之左近

那一个夜晚

我坐在长江母亲的身边

如儿时偎倚慈母膝前

望夏夜的星星,看牛郎织女相会

听远方美丽的星辰的耳语

这时节

月为云遮,星光微茫

灰暗的云在天空匆匆地走

烟也似的雾在眼前缓缓挪动

夜的黑色的帷幔罩笼着江岸的平野

唯有身后小镇的灯火

如天边的星光若有若无地闪

此际

自巴颜喀拉山麓下来的雪水

夹带着高原的泥沙

冲出三峡的锁钥

铺天盖地流泻在祖国的中原地带

倾倒着它那排山倒海的威力

你听过这样夜晚长江的声音么

不似奔马的乱蹄

不似金属的撞击

亦不似巨石之投空谷

而是内在的震撼灵魂的沉浑的雷声

自天外，自江流的底层滚动着

以无可阻挡的力量

排挞南岸的沙石

震撼天际的繁星

巨树因之而激动

村舍因之而抖颤

雄美、壮观，而又如是含而不露

惊人的伟大，素朴的平凡

结而为浑然的整体


少顷江轮抵岸

汽笛，把我从沉思中唤醒

于是人语喧哗，灯火摇晃，轮机嗒嗒

一声长唤，又一声长唤

袅袅的白烟，闪闪的红灯

梦一般地远了，马达声消失在夜雾中

烟一般地散了，江轮湮没在巨流里

夏风阵阵，前刻喧哗顿然死寂
剩下的，依然是那
震撼灵魂的不断的如雷的江声
以无比的伟力充宕着一切

江风浩浩
我宛然若有所失
赤壁赋中那划破长空的鹤唳
古战场上那染红水天的烈焰
沉没江底那锈了的断戟
那月色苍茫中醉卧小舟的放荡的诗人
乃至于二十年前万帆齐发的伟大进军
一齐融入那汽笛的长唤
与江轮身后的红灯
一起消失
如点火之一击，我突然想到生命的短促
昔日以为无可比拟的我的巨大的存在
竟不如长江一滴水的永恒
而那闪烁江水的梦一般的星星的眼睛

它们的寿命

抵上我的生命的数十万倍

狂妄、孤高、蔑视威权、激奋的抱负

哦，哦

这一切，是那夜航中的红灯一闪

还是汽笛声中的白烟一缕

夏夜，为之寒颤的夏夜

江风如刀，割着我的心

空虚，落寞，不可言状的心绪悲凉

长江母亲无言的昭示是这样的丰富

我无法表述我所获的万一

长江母亲的絮语又是如此难以捉摸

我觉得一夜间失去了一切

终生难忘的一夜啊

至今思念还心悸不止的一夜啊

情感冲动的一刹那

我多想以有限的生命

借星月及长江而长存

夜深风急,江流滔滔
我没有勇气再坐下去了
我对那冷静的同伴说
我必须离开这里
于是,暗夜
星星送我
沙岸送我
我回到了小镇闪闪的灯火中
我回到了茶馆盲人说唱的渔鼓声中
我回到了繁琐而喧嚣的人生中
在酒店,我第一次喝了这么多烈性的酒
在旅馆,我做了一夜的梦

这一夜,是生命的转折
在此之前,我是蒙昧的孩子
在此之后,我是成人了
飓风和雷电,幽灵与黑暗
深山的狼嚎与战场的白骨
秋风的肃杀与烈阳的熬煎

我皆无所畏惧

我不再情感脆弱而易于受欺

不再彷徨,亦无苦闷

在那意外的欢乐降临的时候,也带着

哨兵的警惕迎接它

当良善而微笑的面孔出现

我提防,在藏于身后的利刃

母亲啊

长江啊

谢谢你的启示和教诲

## 8

一日,在边疆四季如春的高原城市

我遇见睡美人卧于五百里浩瀚的滇池之旁

碧海蓝天下,高原的雄风为她歌唱

她睡得那么美丽,那么甜

没有烦恼,也没有忧愁

她就这样睡了几万年

在华亭寺，我遇见一位仙人
她是如此的窈窕与柔媚
端庄肃穆中显示出圣法的力量
含笑相迎，似是久待我的到来
我为之倾心，恨来得晚了
我惊呼，我的祖国的维纳斯呀
我的祖国奥林匹斯山上永不衰败的青春呀
永生的艺术之神呀
艺术之神创造的永生的爱和美的女神呀
我向你膜拜
也是这一天，我漫步于黑龙潭边
两树唐梅在荒芜的院中喷吐幽香
花开花落，一千多年过去了
如今，对着它那盘龙卧虎的斑驳枝干
我伫立，默想
展读千年古史而心潮澎湃
回首看那吟梅的残碑
颓废地倒在断壁之下
几代卖弄才情的人都如云烟袅袅

梅花,依旧在那里默默地,幽幽地开放
人呢,人呢
我们仰问高原海蓝海蓝的苍穹
唯有那古庙的暮钟
于猩红的夕照里,寂寞地回荡于空灵的古潭

我曾漫步古长安的街头
映照过汉宫的秋月依然水晶般皎洁
在曲江的垂柳枝头
在沉香亭畔牡丹带露的花瓣上
月照中,未央宫的千树桃花似雪
霍去病墓前的独角巨兽,在月下起舞
腾空跃起,显示我以荒漠的狂风
天山南北的血水
刀光剑影中将军跃马横刀的英武
随之而来的,是驰突战阵的八骏
扬起滚滚的烟尘,遮蔽了古战场的皎皎月明
骊山翠林泉流下,月色梦也似的柔婉
亡国的鼓乐轻轻地流过古长安的街衢

一日黄昏，我来大雁塔下

我惊呼呀，大雁塔，我的伟大祖国的象征

庄严古朴的艺术美，充分显出

伟大而雄浑的精神力量

足以震慑心灵的精神力量

完全是内在的惊人的强力

在楼梯旁，我遇见

那位骑驴的诗人迈着沉郁的步子

他是那样的苍老

为千万生灵

以及一个绝顶才华的诗人不幸的一生而叹息

就在此刻

西安市华灯齐明

冉冉而起的市尘

远处汽车喇叭与厂房汽笛交鸣

启示我时间的推移

都过去了

活着的是翻越秦岭山脉的

喘着粗气的机车
四川盆地蒙蒙细雨中舒卷的红旗
西北、西南崇山间突起的烟囱卷起黑云
高压电线的琴谱在荒山野岭弹唱
呼唤我
和死去的时代告别

## 9

清晨四点钟
楼道里一只早醒的鸡
唤我从沉睡的年代醒来
从难得的自由之夜醒来
又一个呆板的白天开始了
云朵铅块似的在空中碰撞
冰的锯齿在脚下布起簇藜
从空中到地下，坎坷、不平，到处都在嘎嘎地响
整个冬季，没有阳光，也没有笑容
只有那充斥四周的单调而粗暴的声响

时间,拖着送葬的步履

一秒钟如一年

唯有此难得的一个、两个夜晚

心灵的窗子打开了

思想的云彩欢喜地飞来

在我的诗笔上停下来

慌乱的辞句,于是开始了

幻想世界的飞行


难以抑制的情感的冲动啊

一种真正的创作的愉悦啊

疲劳,衰弱,以及那难以言状的耻辱

都不能剥夺我心灵的抒唱

我的亲爱的人,我的战友

你不要再催我早睡

我的心只是此刻方从死域中苏生

我的生命只是此刻方从灰烬中寻见微弱的火星

我不是在写诗

我是在呕出一颗跳动的心

我是在蘸着心血倾诉我的悲哀
这是一种消耗生命的愉快
不要阻拦我,不要阻拦我
不要阻挡我此时无可奈何的
挣扎的苦斗
向生命索取时间
向时间抢夺诗句
为流泪的受伤的心灵诊疗

二十多年前
我呼唤着太阳和春天
奔入诗的国土
在那矮小木屋的窗下
午夜、煤油灯,用儿童的真诚
为跳井的少女落泪,用幼稚的单纯的仇恨
诅咒警车和监狱
在南国的田野,我体会
柳笛和喇叭花
编织诗歌的锦缎

埋首案前,奋笔疾书[1]

小小的心灵,也是一夜一夜地失眠

年老的父母,用咳嗽和谨慎而心疼的语言

责备我的癫狂

二十年来不曾重复的诗的冲动

如今再一度降临

父母都不在了,唯有孩子无忧的鼾息

唯有妻子的不安和慨叹

同样地催我睡去

而我,点燃一支又一支香烟

呼喊着向过去告别,向时间告别

以沉重的步履,再度迈入诗的原野

如今

采撷的不再是那相思树上的叶片

也不是路旁淡蓝色的小野花

和那象征青春和爱情的

艳丽的红豆

---

[1] 1948年至1949年8月谢冕参军之前中学时期写的诗将近200首,均收录在《谢冕编年文集》第1卷中。

告别了华丽的铺排和

铿锵的韵调

而是怀着痛苦和绝望

怀着那恻恻的别情

在暗夜,在朗润园的孤灯下

心,慌乱地

在诗的国土上流着惜别的泪


白天开始了,此刻

已是清晨四点钟

篱菊的孤高,青梅和寒梅的坚贞

古寺钟声荡漾的多情

雨打舟横,岸旁芦苇述说的寂寥

知音死了,瑶琴碎裂的绝望

抽刀断水的激愤

把酒问月的悲楚

今夜,我看见历史的星河里

每颗星星都在落泪

别了,流泪的星空

别了，自由的静夜

那冰冷的朦胧在招手

秃树，还有冻雪而坎坷的柏油路在招手

倦眼惺忪的路灯在招手

我于是

拖着疲惫的步子

怀着不知所措的慌乱

走向

可畏的白天

## 10

那时节，北方的秋风起了

从塞外吹来的风

越过古长城残破的烽火台

越过居庸关上的衰草

卷来了古老都城的满地黄叶

接着，下起了淅淅沥沥的雨

带来了瑟瑟的秋寒

雨啊,雨啊
在我那囚徒的窗外
织起了罪恶的网罗
我于是几个小时几个小时地伫立窗前
我于是几个小时几个小时地思念自由的心
思念太阳,思念春天
思念那透明的蓝色的天空和大海
还有,童年时节在上面打滚的如茵的草地

## *11*

你见过南方秋季澄清的沟渠么
那是自由的王国,那翡翠般的水草
在水晶世界里云彩般飘动
那淡淡的鱼群的嬉游
如白绢之上飞腾的狂草
在那里,我找到了我的心,我的思想

也是秋季,在长江护堤内的平野

我听见云雀的歌唱

如银铃,飘拂过天际的层云

江汉平原的秋空多么高,又多么蓝

那云雀,飞到了云层以上

黑点,黑点,消失了

唯有那清脆的银铃似的歌声

从不可知的高空飘下来,飘下来

接着,我看到,落下来,飘下来

接着,我看到,落下来一个黑点

于是又飞腾,箭一般地射向高空

高度的飞跃,美好的歌唱

惊险的境界中无所畏惧的嬉游

最勇敢、最尽情、最无羁绊的自我抒情

哦,自由

哦,诗歌

哦,思想

我的案前

摆着一只淡淡紫色而透明的花瓶

朋友告诉我,配上淡雅的白花

可以使你的心宁静

带给你安谧的友情的慰藉

和潺潺如山泉的诗思

我于是踏遍北方的秋野

找寻那白色的夜来香,或是白色而带刺的蔷薇

遍地只有枯柳和衰黄的草

带着,冰冷的霜花

我拣回的是染着秋寒的失望

紫色的花瓶,白色的小花

在静静的秋夜

伴随着透明的思想喷吐幽香

这是何等美好的诗境

然而

在现实的世界我没有找到

啊,透明的心灵

啊,透明的摒弃了修饰的思想

带着节日游行后快乐的疲劳

带着那纸扎的花束和欢狂舞会的轻尘

通红的炉火,浓浓的香茗

缀满了秋夜繁星的热烈的友情

这颗心通向那颗心，拆除了一切防范的藩篱

心和心拥抱在一起

谈论第一个十年的迎春花开了

谈论爱情的痛苦和欢乐，谈论

维娜屋里的灯光，还有

那个萨皮纳惮于言辞的慵懒的美 [1]

谈论诗歌，以及壮游祖国的理想

还有那个用通红的葡萄酒打发的除夕

未名湖畔夜半的吉他弹唱

如高空中云雀无拘束的飞翔与歌唱

如浅水的游鱼，水晶世界里摇曳多姿的水草

如紫花瓶中的小白花

一切的生生死死，都不能

夺去这种透明的欢乐，透明的诗意

最贵重的钻石也不能换取

这种自由的幸福

---

[1] 维娜，疑应是弥娜，与萨皮纳均为罗曼·罗兰《约翰·克里斯朵夫》中的人物，她们是克里斯朵夫曾爱恋的女性。

然而

此时此刻

这间比苏格拉底的新房要小得多的斗室

接纳的不再是温馨而真挚的友谊

而是蒙上尘灰的寂寞

世界这么大

而我的房间却这么空旷

如沙漠,如墓地

对着这秋雨的邪恶的网罗

对着这驱赶落叶的凄厉的秋风

我的心流血了

我以我凄楚的诗句,在此刻

向云雀,向透明的沟渠,向紫色的花瓶

告别

## 12

透明的心死了

我要为它筑一座坟墓

午夜，又一个午夜

生命如燃烧的白烛

滴下了串串紊乱的泪的诗

这一个白天，宣布了过去的死亡

二十年的殿堂，数千年的城堡

都如沙上的建筑

一场潮汐，几秒钟都崩塌了

我没有哭泣，也没有悲哀

我的心，已与过去一起死亡

我的心，又与未来同时新生

犹如这静夜，夜在死亡

而白天却在生长，同时又孕育一个新的黑夜

也是现在，我在获得新的生命

生命，冲破死亡的重关深锁

又将茁壮地发芽生根

一切敌意的目光

一切鄙薄的不堪的话语

冷漠、无情、责骂、凌辱，我都淡淡

不奢求额外的宽容

亦不寄望于任何善心的救援

乃至于沉默的同情

于是我虽身在怒涛如山的海中

犹如倚身松软的靠椅

不希望,也没有痛苦

心,昏昏地睡了

我庆贺过去的死

也庆贺未来的生

生命的钟摆不停地走

此刻,拨向了

一个新的时辰

透明的心死了

我要为它筑一座坟墓

## 13

透明的心,热烈的心

为爱情和友谊而燃烧的心

为祖国和人民的命运而失眠的心

在一个苍雨凄风的秋季,如枯叶般害了病

当冬雪飘飘的时候,它死了

我为它挖了一座坟墓,埋葬我的心

埋葬了甜甜的记忆和酸酸的梦

埋葬了希望和追求

加上一层土

再加上一层土

让它和憎恨它的世界隔绝

铺上青青的草,让野花遮住坟上的新土

栽上不凋的青松和雪梅

让风的叫喊,让鸟鸣蝉噪

掩盖住心跳的声音

让一切人都觉得这里埋葬着一颗死去的心

却觉得,这颗心已经没有憎爱,没有思想

不会落泪,也不会发出笑声

不会泛起感情的微澜

甚至不会轻轻地叹一口气

总之，这是一座真正的坟墓

一座真正的坟墓
埋葬着我那永远活着的心，心不会死亡
十多年前，我曾经喊过童心万岁
能有一颗不会衰老、不会死亡的心的人是幸福的
我是幸福的
因为，在那座美丽的坟墓里
埋葬着我那
透明的、不死的童心

## *14*

心埋进了坟墓
爱情锁在尘封的小屋里流着哀伤的泪
友谊如几点晨星，只能在
遥远遥远的天际投射畏怯的、关切的目光
诗歌和事业是沙滩上的彩贝
已被潮汐卷入海洋

为战斗和幻想所组成的美丽的青春
早已和黄军装一起褪色

一切都不存在了
我的心,除了坟墓,没有地方居住
有人诅咒它,有人仇恨它
有人甚至要吃它
在现实中我一贫如洗
唯有在梦境中
我无比地富有
每个夜晚,我怀着初恋约会的心情
为自己祝福
走向浅蓝色的梦境

五月的太阳
从高高的白玉兰树的阔叶间
投下了蒙蒙的光线
清晨,空气里传送木兰的甜香
我穿过清雅的小镇

沿曲折的河岸游走
河水如深色的酒酪
浸漫着青青的岸草
花香，煦风，柔和的阳光，浓绿的河水
静静的林荫道
诗一般宁静的心境
在那里，美丽的梦在一座红墙的院宇里等待
这是什么地方
是涵口那荔枝烧红的多荔河边
还是飘着桔香和花香的闽江岸
还是垂柳依依的紫竹院边的高粱河
也许是漓江罗带一般的清流
也许是螺髻如黛的苗族少妇凝立的清水江边
总之，我是多么欢喜
我做了一个梦了
我整整地幸福了一个夜晚
醒来，我想着那个梦
却整整地愁苦了三天
我的心在做梦

## 告别

在梦中，我的心活着

燕园墨绿的夏夜
古伦敦六角街灯[1]的朦胧光线里
草绿军衣上，崭新的校徽
我的心在骄傲地漫步
秋月辉映着湖光塔影
临湖轩旁残荷悉索
我的心一次又一次在那里忍受秋寒的侵袭
周末圆舞曲中的绵绵友情
红楼灯影里的革命灵感
我的心，夜里都在呼唤党的光荣的名字

夜晚，北京一霎时点亮了亿万盏明灯
东华门护城河中灯花的倒影如月
通过午门石板砌成的宫道
夹岸的古槐把我引向天安门华丽的门洞

---

[1] 六角街灯，诗作者当年入学时燕园未名湖边路灯的样式。临湖轩为未名湖南岸的小庭院。

自行车驰过那秀丽的金水桥

长安街是一条金光闪闪的巨流

我的心为祖国如花的夜晚歌唱

玉泉山的潺潺的泉声中

听鹂[1]前七月幽静的中午

西苑一带的苇塘连着稻田

蛙鼓彻夜,稻香伴着晚凉

我的心在私语,充满了水乡的幻想

我的心,燃烧起来是火红的色泽

红旗,烈火

烧红的枪筒,沸腾的热血

为祖国献身的夙愿,与亿万生民共甘苦的决心

以及对于火热斗争的渴望

染红了我的心

而做梦的时候,沉思和幻想的时候

我的心,是淡淡的蓝色

---

[1] 应作听鹂馆,颐和园内万寿山边的建筑。

如北京秋天的后海
如漓江的一江春水
缠绵的情爱,温馨的友谊
对于诗与艺术的热情
故国山川土地的神游
一盆花,一炷香,一卷书里
我的心在那里带着醉意沉思

要求尊重,渴望无羁绊的境界
憧憬真诚的同情与友爱
不会把毒箭射人
却从来不曾提防伪善者
不想以他人的苦乐换取欢乐
当然,这颗心傲慢而自高
不容许亵渎,也不会用阿谀骗取荣誉
偏于情感的燃烧
而薄于理智的冷却
易于以诗情揣度和美化生活
即便是痛苦和不幸,也都诗意盎然

# 爱 简

火一般热情，水一般澄清

容易以己度人，轻于以诚相见

于是常常受骗

直到有一日

爱火者焚于火，爱水者溺于水 [1]

心被宰割，受到叛卖

骄傲的心已经在流血了

但曾经认为是朋友的人却一拥而上

乱刀砍杀

乃至于要挖出它来

祭奠那野性的贪欲

我的心并不崇高，却也并不卑下

它称不上良善，然而也并不罪恶

有人把它推上了绞架

我的心永生，它不会死亡

它活着

---

[1] 1969年，在"清理阶级队伍"运动中，中文系严家炎、曹先擢等几位教师无端被诬陷为"反动小集团"，受到隔离审查和反复批斗。

活在祖国的大地上、天空中

在祖国红色战旗的浪纹上

如茵的春草,猩红的枫叶

夕阳的街门,榴花的喷火

我的心与祖国的青春同在

二十年前,当我远离故乡

就以孱弱的身体向祖国宣誓

我愿意死在进军的途上

而决不回头[1]

如今,在屈辱与磨难中

信念却如泼油的火

升起冲天的烈焰

前进

战斗

尽管步履艰难、前途坎坷

即使拄杖而行

即使一步吐一口鲜血

---

[1] 1949年8月29日,告别福州,编入28军83师文艺工作队。

我也要在祖国炽热的大地上前行
直到有一天,头枕祖国一块黄土
宁静地含笑而眠

历史长河的教诲
黑暗社会对于仇恨的培育
受苦受难的乡亲的斑斑血泪
我的党,我的人民的养育之恩
我将永不背叛
我的心永远为此而跳动
直到那永恒的告别的一天到来
我将欢呼着太阳的光焰
欢呼着人类的理想
欢呼着祖国的希望
而无憾地死去
可怕的一天终于到来
生命与灵魂受到了禁锢
这些日子里,信念却百倍增长
我变得勇敢而富有情感

对着那煤烟与雪粉的不协调的狂舞

密云不雨的愁眉苦脸的天空

对着众多轻侮的狞笑

以及稀少的静默而同情的眼容

我更加感到心灵的纯净的骄傲

我探索,仇恨从那里生长

又是从何时开始

善与恶,过去与现在

都成了水底月,镜中花

我痛苦地与过去的时间告别

同时,我又百倍地思念那死去的一切

## 15

北京,五月

紫禁城在阳光下,如黄金铸成

翠绿如海,包围着红墙

夜晚,人民大会堂里莲花和玉兰花一齐发光

踏着红绒铺就的楼梯

我走进那乐声飘荡的水晶宫殿
在那里
十个少女穿着白绸的衣裙
席地而坐,抱着琵琶弹唱
琵琶铮铮的声音
述说着历史的古老的歌诗
歌唱解放的春天的花香
白衣少女,琵琶弹唱,水晶宫殿里华灯如昼
我爱这音乐,我爱这生活
从大会堂出来,夜已深沉
长安街银光闪闪,如月下静静的大江
五月的北京夜
到处弥漫着花的香气
你见过槐花么
北京的每一条街巷都有古老的槐树
白色的小槐花,串串白色发光的星星
悬挂于碧深而古老的槐树上
如照亮这古老都城的大大小小的
白色睡莲一般的街灯

飘散着使人沉醉的浓郁的香气

静夜,花香和明月占据了整座北京城

这时节,长街似在做梦

只有偶尔疾驰的汽车

掠过松柳的浓荫

一切都在梦中沉吟

沿着那开满紫丁香和黄刺玫的街心花园行走

在高高的白杨树覆盖的街心花园行走

呼吸着北京之夜醉人的气息

怀着那分辨不清的幸福的感觉

难以抑制那对祖国繁荣的祝祷的心歌

或者是有一个夜晚

月光像白雪铺满了燕园的沿湖小道

花香,晚凉,还有

飘过林荫的贝多芬的声音

异国的青年男女在未名湖彼岸

伴着吉他唱着热带的歌

这里,我的朋友们

按照东方民族的习惯踏月而行

谈论李白关于月亮的幻想

苏东坡关于月亮的幻想

幻想着草原上蒙古包前看月亮的情趣

或者是西双版纳竹楼上看月的情趣

回忆那平湖秋月之夜

湖上的乐声和月色一般美

波光、月影、鸟语都沉入梦境

乃至于幻想那远离世俗喧嚣的湖畔的婚礼

频频举杯,彼此为

爱情和友谊祝福

让明月,为洁净的爱情与友谊作证


朗润园的亭台楼阁在月光下沉思

举杯对着香雾缭绕的佛香阁的倩影

朝朝暮暮,玉泉山的塔影

映入我的窗前

门前一勺水,门后一弯山

装扮了锦缎一般的燕园的诗的生活

松灯宁静温柔的光线

满架的书籍,案头的文竹和吊兰
美丽的音乐
伏案疾书,停笔凝想
在静室中寻找创造的欢乐

我活着
凭借的是诸如此类情感的寄托
在这个天地里我是自由的
也是快乐的

这就是我的享乐与奢侈
要是因此需要送我下地狱
我能有什么话说
然而,也就是此刻,我仍要说
我没有忘记人民
我不会背叛我亲爱的人民
我永远是人民的孩子

我懂得那个熟悉的社会

我诅咒过它,我憎恨剥削和贫困

当祖国和人民召唤

我就走上了征途

甚至于向我挚爱的诗歌告别

在石城半岛的交通壕里

在南日岛的坑道中

当敌机来袭,爆炸声中尘土飞扬

高射机枪吐出愤怒的火舌 [1]

每一个早晨,我都准备为祖国捐身

不曾吝惜过青春与鲜血

即使此后

在斋堂山村炉火通红的火炕边

在江陵竹园旁的茅屋里

那家产烟叶的香味

---

[1] 谢冕2022年的自传随笔《似水流年》中有这样的记载:"南日岛,现在从地图看去,像是撒在兴化湾上的一串明珠。当日却曾是残酷的战场。我所属的步兵249团一个加强连,在一次十数倍于我的偷袭中全军覆没,其中有我的几位朋友。"

骡铃的叮当
独轮车唱歌走过溪岸
都令我心醉
这是我的生命
这是我的血液

即使是宣判和唾弃的日子到来
周围的目光如冷箭逼人
我的灵魂依然庄严而傲然地昂首而立
对着祖国古老的历史
对着线装的史记和烫金精装的全宋词
对着阳朔浓浓的绿得发黑的山水
芦笛岩中童话和神仙光怪陆离的世界
武汉长江大桥钢铁歌唱
黄河浑黄而滞涩的流水
祖国的山山水水，长城，岳坟，浣花溪
石景山钢铁厂，子牙河畔的杨柳青
官厅水库边的岗哨，卢沟桥上的石狮
排云殿和知春亭笑语如水

我日日夜夜，呼唤我的祖国，我的人民，我的党

我永生永世地爱你们

我不要鲜花，不要节日，不要宴会

也可以不要诗歌

然而

我不能没有你们

任何力量也不能使我和你们分离

我要永生永世地和你们在一起

斋堂川公共食堂玉米饭多么香

江陵茅屋飘出的棉梗的浓烟

烟熏腊肉，辣椒拌炒青豌豆，多么香

水车的旋舞，夜校的灯火

训练班里和六十年的老长工抵足而眠

还有诙谐的谈笑，家庭忆苦会上的泪水

我坚定，对于祖国和人民的爱是不可夺的

生我养我的祖国啊，人民啊

你时时在我梦中，在我血里

我是安泰

和你在一起，我可以举起地球

一旦离开了你，我就像那

蒲公英的花绒漂泊无所

你是大地

我是一棵小草

即使烈火燃烧

我的根还在你的身上

当春风来临，我又将抽出嫩芽

你是长江

我是一滴水珠

即使是，狂狼把我摔向礁石

我纵然粉身碎骨

仍然要回到你的奔流中

并以自己细碎的水花

装扮你那气势磅礴的壮丽景色

你的生命永存

我将永不消失

始终以全部微弱的声与力

贡献给你永恒的歌唱

我是社稷坛上一粒沙

我是英雄纪念碑前松林的一丝针叶

我是华北平原的一粒麦籽

我是厂甸上亿万只风车的一个快乐的音响

我永远在祖国的母体上生活

也许有一天

我要把全部的鲜血灌溉我的母亲大地

肥沃我的祖国的原野

要是我死在病榻之上

我要以我的每一粒骨灰

洒向祖国的江河

直到那一天,我也要和祖国在一起

茫茫的宇宙,浩浩的长空

我的生命在亚洲这一片绿叶上永生


节日啊

鲜花啊

荣誉啊

诗歌啊

我向你告别

而战斗的人生

化为战士的理想与追求

却与我的生命同存

现在恨我者

我不视之为寇仇

我坚信终有一日

当迎春花开，阳光灿烂

心上的乌云终将消散

现在爱我者

我默默地将感激埋藏心中

我期待那一天的来临

那时节，我们会共同擎战友的酒杯

为祖国的胜利，为人民的幸福

痛饮到天明

当礼花如孔雀开屏

礼炮在蓝空中震响

隆隆的雷声中人民欢呼着前进

我化作了晶莹的一滴水

随着那欢乐的巨流奔腾

## 16

而此刻
五岁的孩子倦游归来
吵着向我们要鞭炮
他还不懂得忧患
只懂得天真的嬉游
生活对于他,是缀满明星的天宇
童稚的心整天可以和冰车在湖面滑行
春天来了,手擎迎春花
哼唱熟知的京剧调子
一串冰糖葫芦便是一串满足的幸福
而我,只能以难言的苦笑对着他
在此刻,我只是同情他还难以理解的运命

寂寞的爆竹响过了
周围是墨黑的天空

带来死般的沉寂
节日啊,我向你告别
时间啊,我向你告别
我的生命开始了
我呼喊着告别而痛哭地奔向
一个崭新的
白天

  1968年除夕夜至1969年元旦凌晨4点开始构思,并成前数章。1969年除夕夜至正月初一续成,也是凌晨4点。1971年国庆至10月18日,适返京华,"病"中再录。

# 迎 春

> 嫦娥应悔偷灵药
> 碧海青天夜夜心
> ——李商隐

在春天到来之前

我做了星星一样多的梦

而我的梦又为纷繁的星星所装饰

希望的星

温暖的星

欢乐的星

幸福的星

一颗接着一颗

曳着耀眼的光线

划破那严寒而空漠的天宇

坠入我的梦中

这是我的梦中

我充实而快乐

于是，我不喜欢白天，我喜欢夜晚

我不喜欢现实，我喜欢做梦


在鲜花和绿草的河岸

五月的太阳光影中

抖擞着万年花的香气

在我的家乡，万年花是女孩的密友

南国少女油黑而润湿的鬓角上簪着万年花

裸露臂膀的衣襟上插着万年花

粉红色的绸帕中印着万年花

于是

那泛着果香、蜜香，还有最美的花香的

妙不可言的气息

在江南暮春的空气中轻轻浮动

就在这绿得发黑的闪光的河岸

太阳从玉兰花树繁密的枝叶间

投下了亿万支蒙蒙的金箭

我看见浑圆的发光的露珠在草尖上滚动

我听见雾在走动,露珠在滴落

阳光洒下来

绿叶在窸窣地响

我多么喜欢,因为这是梦

而在梦以外的那个世界

喧嚣与嘈杂,占领了我的一切

生活是恶浪翻腾的海

不给你喘息的一秒钟

如此宁静的河岸,诗一般的河岸

一旦在我面前展开,不啻是仙境

对比所厌的一切,故欢乐无垠

而况且,我走啊走啊

我终于晤见

我所思念的幸福

在河岸几个弯曲之后

在一堵红墙院宇中
幸福在等待

我于是
立刻袒开了严寒封冻的心扉
讲述北方那长长的秋天和冬天里发生的故事
讲述当秋风瑟瑟，冬雪飘飘
心怎样在寒冷中颤抖

那时节
愈是寒冷
便愈是思念温暖的春天
思念窗前温馨的灯火，人影轻移
一杯花茶的亲密
发自肺腑的呢喃
人生无可挽回的错误和痛苦
以及炎热季节里惊心动魄的搏斗
而如今
春终于来了

春天从风雪交加的寒夜走来

那时节，孤灯在朔风中摇晃

发出昏黄的光，仿佛绝望的眼睛

无边无际的沙漠

昏黄连接着昏黄

没有水草，不见绿洲

我梦见自己，是一匹衰竭而饥渴的马

准备在沙漠的跋涉中途倒毙

那垂柳荫下的迎着春风的嘶鸣

那疆场风沙中的奔突

都成了昔日的幻影

不仅难再，而且难寻

而如今

春天毕竟还在，而且终于来了

你看北方干黄的泥土上

河冰溶解，草儿泛绿

几株连翘开起了寂寞的纸扎一般的黄花

此后，碧桃和榆叶梅在料峭的春寒中微颤

紫色的丁香，白色的丁香
带来了春天最初的音响和色泽
北方的春天慢慢腾腾地走着
又是风，又是雪霰，又是几度寒潮
春天害了病，春天的步履是疲惫的

慢腾腾的不肯离走的冬天
慢腾腾的不肯走来的春天
我是一个缺乏耐心的急性的人
然而，我现在只能无可奈何地
对着迟迟不能脱去的棉袄叹气

现在
洋槐已经开花
那清雅的小白花
一串一串地坠挂在碧绿的枝叶间
她以她醉人的香气
醉就了浓郁的五月京城的一城春酒

我不止一次地歌唱过

这槐花,这槐花的香气

乃是因为她的性格,她的形象

引起我的联想

譬如人生

有的人一生如娇艳的牡丹

炫目的色彩不间断地博得赞叹

然而,它只是富贵乡里的娇客

花中的贵族,并无半缕清香赠给天下的贫苦者

有的人一生是风雅的秋菊

它孤洁而清高

骚人墨客赠给它无数颂扬的诗篇

然而,它也不过是客厅中的盆栽

一生也不肯生在野地,与小花小草一起繁荣

我想

人的一生应该平凡而实在

如这槐花,她开花

只是为了默默喷吐幽香

在清晨,在静夜

在人们看不见的所在,在不为人注意的时刻
她把安慰心灵的温馨送给家家平安的窗口
她一年的辛苦孕育,开出小小而繁密的花串
只是为了无保留的平凡的贡献
不为人知,亦不求人知


又如友谊

友谊没有虚华的装饰

友谊应该朴素如泥土

黄色的或是黑色的泥土

生长小麦,培育鲜花

年复一年地贡献,不要酬谢,也不要感激

真正的朋友即使在天边

却始终生活在你心中,你也生活在朋友心中

朋友的目光

透过漆黑的雨夜,浓雾的清晨

给他明亮的太阳

他无时无刻不如和煦的春风

把关切的心意带给你,你想到朋友

你就心情激荡，便有了勇气，而且不再孤独
好像那槐花
她的幽香无时不在
她以不加修饰的洁白告诉你春浓的消息
啊，我们生活的纸页上
涂满了多种多样刺激神往的强烈的彩色
虚假的热情，矫作的关切
而当彼此的往来成为危险
热情的水银柱立刻退到零度以下
含情脉脉的眼波
可以转化为愤激的电闪
那推心置腹的蜜也似的低语
可以神奇地变成可怖的雷的吼叫

有机会读到这些文字的人
不要笑我天真像孩子，柔弱如女性
为小小的白槐花花费了
如此众多的文学与情感
我有太多的感慨，我当真这么想过

从此后,告别了牡丹的炫目的光泽
告别菊花的刻意的清高
我只愿
以小小的平凡的花朵
譬喻我的人格和人生
让我于寂寞的清晨和夜晚
以及于太多的一切寂寞的时刻
想着她的平凡的形象
沐浴在她那淡淡的清香之中

在我已经消失的生命的空间
光明,拖着长长的尾巴的彗星
划过一道弧线

童年的忧患是轻微而短暂的
加上成年没爱的烦恼
加上小资产阶级意识或隐或现的冲实
全部痛苦的总和
不过是彗星光弧中

## 一个小小的黑点

而现在
当我写这些不成章法的句子的日子
我经历着一生中
最大的痛苦
它似一剂染料
把全部生活的海洋染成黑色

当我发现被人生的善良所欺骗
为自己诗化的信念所欺骗
当我知道我贡献全部人生最美好的季节
并引为骄傲的追求和奋斗
却构成了折磨心灵的苦难
构成了使自己坠入地狱之门的罪名
当我觉悟到填补我的青少年全部生涯的物质
竟是一场真实的虚空
特别是
当我发现于我背后放毒箭

向我脖子上套绞索

比一切敌人都残忍都凶恶的人

竟是长期以来目之为朋友的人


我的痛苦是无可言状的

真理的天空坍陷了

信念的宇宙破灭了

我开始诅咒春天

诅咒美丽的花

变幻莫测的云

那曾是多么美好的生命的春天,战斗的春天

在人民解放的漫长烽火中

红旗飘过了长江

飘过了武夷青翠的山岚

向着南方

红旗指向祖国雪浪连天的南海岸


多雨的南中国的夏季

泥泞的公路

公路两旁，插着绿枝的军队在前进
公路当中，军用卡车在前进，炮车在前进
在倾盆大雨中前进
在泥泞中前进
军用水壶中溅满了泥浆
汗水、雨水，还有黄浊的泥浆
帆布炮衣上溅满了泥浆
军队在水漉漉的天气中前进
我的生命的春天在前进

深夜，雨声和犬吠声中
队伍离开公路，走进了沉睡的村庄
一扇一扇的门在夏夜里笑开
微弱的豆油灯欢迎人民的子弟兵
黝黑的村庄上空顿时升起了稻香的浓烟
而现在
春日的一日午后
我走进一所荒园
在那里，蓖麻的黑掌击毁了古亭

连瓦砾也被贪婪地舔个干净

那些害了肝炎的菜苗

侵浸着湖岸的泥土

迫使古杨瘫倒

淹没水中,艰难地喘着粗气

高楼把酒的明月夜的兴致

松林、溪曲、昏黄的画窗飘出钢琴的叮咚

丁香荫下情侣的偎倚

彩色花海中打太极拳老者的白髯飘飘

都一起淹没水中

唯有春天的记忆,在那里

沉重地呼吸


哦,这是荒园

这不是荒园,然而

这毕竟是荒园


也许我只是孩子

我只知道按照孩子的方式生活

对于我，生命犹如喷薄的旭日
对于我，生活犹如拌蜜的果脯
对一切人，都如朋友般信任
我只知道野花丛中的天国
诗意盎然的纯真的古堡
维纳斯在安娴地微笑
缪斯在弹动他的七弦琴
在那里，我以童心生活
呼吸着人性的自由
该笑就笑
发出善良的不加雕饰的呼喊
宛如婴儿饥饿时的啼哭

我不知道
几乎所有的人都不是如我这样生活
几乎所有的人都把心封锢
把自由的思想扼杀
对于有的人都用装出来的最好看的笑容
所有的语言却是虚假

唯一真实的也仅仅是他的虚假
满脸春风地与人交往
而他的心,却像挤干的抹布
痛苦而紧张,绞着发痛
他的生活的每一秒钟
都在戒备别人的袭击
而同时,也随时准备乘虚进攻
因此,他往往是生活的战胜者

而我
却在生活的航道上横冲直撞
暗礁和狂涛把我折磨得苍老
每个夜晚
带着斑斑伤痕,流着血
带着满身的毒箭回来
啊
生活是搏斗
生活不是诗,那是战地
那是胜利者的人肉筵席

而为失败者的白骨所垒成

于是
希望的星
温暖的星
欢乐的星
幸福的星
一颗接着一颗
在黑暗的天空上殒灭
春天的夜晚
没有很好很好的月亮
没有很好很好的星星
也没有很好很好的槐花的香气
春天的夜晚好黑啊
春天的夜晚真寂寞

我的感情似一波封闭的海
装进了一口狭小的瓶
热情的激浪在奔突、冲击

它不平地咆哮、呼喊

于是

那瓶口便成了火山的爆发口

亿万顷狂涛从那里喷射出来

当对一切都如死灰般无可留恋

我转向我内心的坟墓

那是,埋葬着我的几个火星的光明

在静寂无人的深夜

在灯下

我怀念天边的战友

透过漠漠的星云

寻找那安慰心灵的一点光耀


少年时节,我痛苦地呼唤过春天

我耐不住那严寒的季节,我以为

春天便是红旗,春天代表光明和新生

我的信念是那样执着

到了青年时代,我以为春天

便是爱情和事业

在南方的梅雨季节,在北方的风沙三月
我因怀念春天而愁苦
爱情可恋而可畏,春天的欢乐中带着
淡淡的清愁,如我怀念那叠枕边的
浅色的蓝或绿的丝绢手帕

没等我明白
春天的概念中包括了
人民的青春,党的壮丽的事业
我这样理解春天,自以为告别了
柳笛唱出的稚气的声调
以及牵牛花般的肤浅
而且宣誓
我将为它而献出全部心力

如今我才知道,春天于我是陌生的
正如有人高喊革命,但并不理解
真正的革命,不是宴会和雄壮的军乐
而是淋淋的鲜血、枫叶或桃花的悲凉

正如每日都在生活，而生活对于有的人
只是灯红酒绿，醉生梦死
有的人，谎言与虚伪组织着他的生活
真正的生活的主人，把生活看成
认真和诚实，他按照生活的本来面目
毫不夸张地描述，喊出
它的不平和不合理，并且
坚持为改造生活而斗争

我固执地认为，真诚与坦白
是打开每一扇封闭的心窗唯一锁钥
生活的真谛只是在于
对于人的生存权利的平等与尊重
它并不依赖威权

但我发现
当我们这颗蓝色的星球
在茫茫的太空中沉寂滚动
而人们，却在球面上倾轧

不谈真理，也不要良心
人们在上面爬行犹如一群蚂蚁
攀住那水面上飘拂的半根草皮
而疯狂地彼此搏斗
想把更多的同类挤入水中，为了
自己的生存，同样，在我们这里
人们为了某种需要，可以在梦中
编造事实，也可以
将一切是非加以颠倒
到一定时机，又可以将自己
赌咒作出的判断，再一次
加以否定，每一次反复
他都称之为对于真理的认识
他永远是额上刻写"正确"的人
犹如古时刺配边地犯人的黥文
对着这种磨灭不了的正确
他毫不羞耻而且神采飞扬
永远大声地谈论着自己的改变

生活教训了我

为了自己的生存和发展

见到丑恶不要声张

你闭目就是平安

有人打死了,不要为死者抗议

你要替活人叫好

生活在那里铁青着脸

等待你用语言把一切邪恶遮掩


在春天,我害了思念春天的病

那秋季和冬季里连绵的噩梦

使我伤害,我原来是

生活的失败者,我不理解什么是春天

于是,我情愿把自己

禁锢在个人内心纯洁的世界中

拒绝了一切无聊的应酬

节省语言,让感情的流水

流向内心,要是因愤怒或悲哀

而要流泪,也要把泪水收起

不要在那些得意的人们面前

表现你是弱者,要拒绝怜悯

痛苦也要在心灵深处隐匿

永别了,虚假的游戏

永别了,资产阶级的脉脉温情下的一切罪恶

永别了,我所思念和追求的春天

1969 年 4 月,朗润园

# 爱 简

> 寄妻子。因为她说过,
> 做你的女友是幸福的,
> 而做你的妻子并不幸福。

当那一朵忧愁的云
向七月明亮的阳光飞来
我的心,带上了浅淡的悲哀

那些甜甜的、酸酸的记忆的果实
我都没有忘怀
我把盟誓写在星月之上
托松涛与海浪向你呼喊
我爱,我爱

那个寒冽的早晨，雪花

把铅似的天空一层层扯了下来

我怀着凄凉送别

车、人，还有心，都陷入雪中

严寒要把我们掩埋

孩子在车上坐着，我扶着，你推着

那陡滑的拱桥，寸步难迈

那时节

我以为冬天会漫长得没有尽头

想不到荷开

想不到燕来


命运在恶浪里颠簸

风暴起时，你是安谧的船寨

你给了我灯火、温暖以及恬静的笑靥

我多么感激

感激你妻子的温柔、更有战友的情怀

而如今

当如今
当流泪的花在星光与薄雾中微笑
你眼中却布满了阴霾

你应该熟悉我脉搏的频率
也了解我的心：柔弱，但却真率
燃烧，一个强烈的火团
却缺乏永恒的力，如大海
像我这样一个平淡而又平凡的人
没有坚忍的毅力，更缺少天才
你给了我这么多同情，这么多信任
我铭记，不仅是现在
直至遥遥的将来

婚姻，果真是爱情的终结吗
浪漫的诗情确乎淡了
为现实的重负所替代
我烦躁，不安，未免对你粗心
因平庸的生活，因壮志的沉埋

对祖国、对人民
我感到负有重债
岁月野马般奔驰
我愧对古国的历史，青春的年代

记得当时
我追求你含蓄的温情
以我燃烧的挚爱
我涂写过一些幼稚而且糊涂的短句
带着月夜的叹息，还有春晨的感慨
多少年了，如今重新提起笔来
为了你的忧郁，为了我的悲哀

我愿擦拭你的枕边泪
赠给你几片欢乐的云彩
我愿你健康地笑着，活着
永远有真的欢乐
直到那一天，蓝天里胜利的礼炮轰鸣
祖国的天空星月争辉，礼花盛开

旗浪,歌潮

人民在前进,人民举起了花的海

到那时,我们也许都已白发如霜

微笑着,并肩站在那绿荫覆盖的阳台

看五彩的烟火

装扮着长安街畔的青松与古槐

1969 年 8 月 11 日夜,朗润园

# 合 欢（其一）

> 落叶乔木，叶似槐，夏开红花，
> 至暮即合，故又名合昏，
> 俗称夜合花，又称马缨花。

是的，我喜欢
那一抹淡淡的红色的云彩
轻轻地，飘过瓦蓝瓦蓝的空间
那一缕难以捉摸的迷人的清香
在午夜，飞进我嵌满星星的窗前

当夜曳着黑色的长裙走来
满天的星斗银光闪闪

我看见合欢

半闭着欲睡的眼

那露水，如晶莹的泪

在长长的、秀丽的睫毛上微颤

于是我推开窗子

问候我心爱的花

她如在沉思，如在做梦

借着明月和柔的光线

也许是因为很幸福

也许是因为扰人的忧烦

合欢在子夜的月影中轻叹

回答我关注的目光

她撑开了一张绮丽的幻想的伞

向我友爱地召唤

她摇醒我沉睡的童心

贻我以轻柔的梦幻

于是

我哼着内心抒情的歌

唱着我的悲哀与眷恋

在她如茵的树下

拣拾我那失落了的

诗的壮丽的旋律

火的热烈的信念

以及我曾以年青的嗓音唱过的

撒在东海之滨的战斗的歌篇

我感激心爱的花

以她年青性格的另一面

启发我战斗者的情感

换回我豪迈的忆念

我喜欢

而且我看见

漫天烽火中疾驰的骏马的红缨

绵延不息的气势磅礴的革命的烈焰

而当夏日艳阳的强光下

合欢摇曳着她的满树霞烟

如海之呼啸,如山之飞旋

那不是合欢

那是无产者红火的旗浪翻卷

是的,我喜欢

不仅因为她的色泽秀丽、清香淡远

不仅因为她快乐又忧郁、活泼又安娴

而且因为

她有着独特的个性却也有革命的丰富情感

1969 年 8 月 15 日,朗润园

# 芦 岸

> 我是江南一竿竹
> 夜夜做着思乡的梦
>
> ——旧作，断句

到哪里去找我童年的河岸
童年的绿色的透明的河岸
到哪里去找我河岸的童年
河岸的透明的绿色的童年

流水不老不断奔流
岸草常绿绿如春酒
透明的是流水是我的心
绿色的是岸草如我青春

当萤火点亮了河岸的星星
它是我童年的银河亮晶晶
那时节蛙声唱晚到天明
它是我童年王国的不夜城

那水面清早时白烟袅袅
芦苇上荷叶上珠光闪耀
到如今还闻着甜蜜的清香
这清香灌醉了熹微的晨光

在河岸我挨过日寇皮鞭
拾谷穗摸鱼虾度过荒年
在河岸诅咒过长夜漫漫
谛听过山那边炮声震颤

从此后离河岸不曾重睹
山连水水连山二十个寒暑
人生的苦和甜尝遍滋味

真想念那绿草那清清流水

想念那蛙声萤火江南夜
想念那露光晨雾芦苇月
梦境里也想着卷一支金芦笛
吹一个新牧歌抒情的进行曲

哪里去找我童年的河岸
童年的绿色的透明的河岸
哪里去找我河岸的童年
河岸的透明的绿色的童年

1969 年 8 月 21 日夜,朗润园

# 合 欢（其二）

> 门前一树马樱花
> ——《聊斋志异·王桂庵》

生活如绿色的豆荚

不是每一个空间都充实

有时，忧愁的云在那里低徊

有时，游荡着巨大的空虚

夏天很好

夏天很美丽

只是有时，我不知道中午为什么那么沉闷，那么长

只是有时，夜晚太容易引人忧思

夏天有迅雷

夏天也有意外的阵雨

花会流泪,叶片会叹息

但思想却会飞翔

它有一副彩色的翼翅


我是在遥远的孤岛

等待那一片无际的白帆

我是凄凉的山道

希望那一点微弱的灯光


终于有一天

她从浓荫中向我走来

一声合欢

全世界都充满了青春的愉快


她举着一树红云

那含蓄而热情的炬火

给生活,以幸福的色彩

## 合 欢（其二）

以抑制不住的欢乐

应该给困顿的旅人
以绿荫的宁静，以红云的欢欣
应该以温馨的香气
在午夜，安慰那失眠的心灵
对于我们，生活永远是抗争
就像合欢，喷吐那不竭的热情
用最好看的笑容
迎接一切艰辛

于是，我想
我喜欢的，她也一定喜欢
于是，我要送一束合欢
给我忧郁的同志
放在她不安的梦之边沿
放在她烦闷的夏夜的百叶窗前

1969 年 9 月 16 日，朗润园

# 赠别三章 [1]

## 一

京华此别归期杳,欲看红叶叶已老

登山足拟驽马健,临水心似秋木凋

战云滚滚彩云绝,离情恻恻豪情少

记取西山最高处,两心脉脉万重涛

---

[1] 1969年10月底,谢冕随北京大学教师一千多人奉命赴江西南昌鲤鱼洲"五七干校"。

## 二

炉红灯明候君归,月洗西门夜微微
檐下榴花惊雨雪,箧中诗稿埋尘灰
玉泉塔影绕愁云,朗润波光映离泪
几多灯前肺腑语,可叹年来事事非

## 三

相聚无多别离多,平生壮志半消磨
青鱼红果海淀市,朗月晓风燕园歌
满目枯槁怜弱竹,几番风雨护残荷
感念十载殷勤意,汀洲帆影淼烟波

1969年10月25日—11月23日

北京—鲤鱼洲

# 寄 茶 [1]

## 一

井冈清泉井冈茶，一片冰心寄天涯
何日窗前共把盏，长安五月看槐花

## 二

平生所爱唯苦茶，更喜浪迹云海涯
拼将祖国佳山水，难抵燕园一树花

1970 年 2 月 20 日，井冈山茨坪

---

[1] 1970年1月到3月，北大"五七干校"组织部分教师赴井冈山老区学习、改造思想，中文系有冯钟云、谢冕等。当时陈素琰在河南信阳的"五七干校"劳动。

# 散文的牧歌

## 1

诗歌死亡了,散文还活着。而且我仍然要歌唱。要是不唱歌,生命有什么用?

我在生活,我在唱牧歌。

## 2

我赶牛儿去吃草。有人说:阳春白雪,变成了小放牛。[1]

难道阳春白雪和小放牛是对立的吗?我做小放牛,我看到了阳春白雪。正如我看尽农民的稻

---

[1] 在鲤鱼洲"五七干校",谢冕被分配担任耕牛饲养员。

草垛,想起天坛和大雁塔。

## 3

天涯无际的风雨,狂暴地侵凌着我。[1] 我听任它的袭击,我以沉默来反抗。

我没有退缩,我也不能退缩。

我知道在此刻,在我祖国的绿色大地上,无数的劳苦农民都站在风雨之中。他们头戴斗笠,身披蓑衣,就这样地站了几千年!

我意识到我是他们的战友之时,我真的感到了幸福。

## 4

有时在平原,有时在高山,有时在湖滨,我寻找古希腊的塑像,裸体的维纳斯,尼罗河岸人面

---

[1] 指1970年3月之后清查所谓的"五一六反革命集团"的运动中,被人诬告为"集团"成员,受到批判审查。

兽身的怪物，以及敦煌石窟飞天的女神。

我非常地失望，我伤心得想哭。在现实中，那些变成了梦幻。

于是我沐浴着风雨，踩着朝露，我呼吸太阳的光热。我变成了米开朗琪罗手中的沉思者。

我是扬子江畔的古铜色的活的塑像，在我身上，复活了远古精神的光辉。

1970 年 9 月 11 日

## 5

我的不会说话的朋友，是我诚挚的朋友。

吃的是野草，挤出的是奶浆。而且，有巨力，能忍耐，一生默默地辛劳地工作。

它从不叫喊，可以竟日不发一声。有时为了表示欲求，有时为了表示热情，它也鸣叫，其声小如蛙鸣。

它诚实，故有力量；它是原始的，也是朴素的。

我惭愧,我往往要求过多。甚至于寄希望于无望。而且,我发出了太多的声音,那是一种轻浮的幼稚。

## 6

原野静悄悄,原野在沉思。

牛儿在沉思,我在沉思。

沉思是快乐的、幸福的,因为沉思的时刻太少太少。

沉思是痛苦的、不幸的。因为它将带来痛苦,带来不幸。

要是不会思想,我是多么幸福。

1970 年 9 月 13 日,鲤鱼洲

## 7

饿了吃草,吃饱了耕田;累了就睡了;这是它的生活。

单纯的生活,单纯,是可羡慕的。

不会哭泣,也不作虚假的笑容,没有多余的要求,也无需愤怒,这是美好的,单纯!

在复杂的世态中,单纯是难以寻求的。

## 8

那时节,每一颗绿色的草尖上都嵌着晶莹的露水,在黎明的第一线光辉里,整个原野却在微风中闪烁,到处珠光闪闪!

我的牛群,也沐浴着朝阳的光辉,犹如一幅幅抖动的黑锦缎!

我惊叹大自然赋予的堂皇与富丽。

## 9

现在,晨星在天,月镰高挂,蛙鸣遍野,原野还在沉睡。

我第一个迎接湖上的拂晓。我自豪，我是一个早早醒来的人，我是一个醒者。

1970 年 9 月 14 日

## *10*

它有伟力，却无免对于鞭子的畏惧。

1970 年 9 月 15 日

## *11*

愈是痛苦，愈是沉默。不发一声地沉默。沉默得痛苦，也可怕，它还是沉默。

# 寻找月亮

来信:中秋无月

八月十五云遮月
正月十五雪打灯

寻找月亮
不知道月亮在何方
我知道她曾在高高的天上
照着我,照着我亲爱的土地
我的绿色的故乡
她是明亮的天灯
给没有亮光的黑夜以无涯的微茫
她是晶莹的明镜

照亮坎坷的歧路,泥潭里不尽的肮脏
她以无私的光辉
普射一切渴望光辉的地方


寻找月亮
不知道月亮在何方
我的眼前一片暗淡
茫茫无边的夜路啊,夜路无边的茫茫
只有那蛊惑的绿色的鬼火
只有那躲躲闪闪的萤火的微光
它引诱我变成自私的幽灵
在黑暗的郊原上游荡
我绝不屈服,我怀念我的明月
我的信念在沉沉的暗夜里发光


寻找月亮
不知道月亮在何方
我知道她在云层的深处
她已被无边的浓云所埋葬

我恨不能化身雄壮的天鹰

吞下漫天的乌云，给人间以耀眼的辉煌

我愿化作她的一线光辉

照亮我挚爱的乡国，表达我

热爱的衷肠

我要以她圣洁的形象

使人怀想

怀想春草沐浴着朝露的清香

怀想寒梅伴月的银霜


寻找月亮

不知道月亮在何方

我知道美好的东西不会死亡

她在那遥遥的天上

在那遥遥的天上，有我亲爱的月亮

那是我理想的乡国

那是我灵魂栖止的水晶殿堂

无瑕的玉兔是我寂寞的侣伴

还有高雅的丹桂的飘香

寻找月亮
寻找月亮

1970年10月12日,鲤鱼洲

# 岁暮寄淮上

## 一

经年苦雨经年风，未有相思如许浓
数尽南来无穷雁，淮上烟云黯几重

## 二

戎马生涯二十冬，年节香灯隔世红
只今儿辈健如犊，举首望月月朦朦

## 三

茅舍青灯悲夜永,千种愁思与君同
夜来天际孤鸿语,疑是遥遥诉哀衷

1970 年 12 月 20 日,鲤鱼洲

# 关于冬天的故事

我诞生在冬天

在我的故乡,冬天是温暖的

在冬天,老人们都喜欢蹲在墙角

晒着暖洋洋的、熏人欲睡的太阳

喝一碗热气腾腾的稀粥

在我们那里

人们不用准备太多的过冬的衣衫

大人和孩子都端着一只烘笼

南方的青竹制成的烘笼,微弱的炭火

具有南国冬天特有的情调

散发着诗人心灵静谧的色泽和香味

在那远山的脚下,一片平川之上

铺展着白色的、黄色的、紫色的、粉红色的花畦

宛若春天的修整得洁净的公园的草坪

而腊月的风,也如春风般柔和地吹过

夹杂着菜花和发酵的粪便的气息

池塘边草儿青青,野花争放

芭蕉有阔大的绿叶,榕树有墨绿的浓荫

我诞生在这样的冬天

因此,我便以为

冬天是美丽的,冬天是温柔的

有时也飘雪花

那里多么稀罕的雪花啊

好像是洒着晶莹的珍珠

它是童话中神秘的宝物

一到地面便消失了

每到下雪天,我们便与雪花一同狂舞

那是我们的狂欢节

此时,我和我童年的伙伴

跑到天井里,用衣衫的下摆

承接这上天赠予的欢乐

雪珠滚成了小小的冰球

而我们的脸庞,有如闽江之岸透红的桔子

深冬来临的时候
响起了腊月的爆竹
我亲爱的农家出身的妈妈
提着满桶冒着热气的井水
开始擦洗地板
她忍着胃疼，跪在地上
从早到晚，擦了一遍又一遍
我们从河岸上割来青竹的枝叶
捆上吉利的红纸，扫拂着一年的积尘
这时节，所有的铜器都闪着欢乐的眼光
新年里伴随着冬天来到的
冬天无疑是欢乐的象征
在我的家乡，在冬天
街头巷尾，直到住家的厅堂
到处都是红色的桔子
到处都是红色的春联
红色的压岁钱，红色的"百子千孙"的挂鞭
因为，我以为

冬天是喜气洋洋的，冬天也是温暖的

后来，冬天的阴云
遮蔽了我童年明净的天空
那一年冬天，家乡被逼着挂起了太阳旗
我的狭小的家里，所有的窗户都关闭了
年青的姐姐，穿上了妈妈老气的衣服
把烟灰抹在脸上
我的青绿的柑橘园、甘蔗园
被砍平了，变成了军用机场
而我，十一岁的孩子，也被抓去当苦工
有好几个月，我睡在冬天冰冷的地上
每天，是皮鞭陪伴着两顿如水的菜叶粥
朔风啊，在郊区上呼号
我幼小的心啊，在为我的土地哭泣
我开始，诅咒着灾难的冬天
记得当时
爸爸每天抱着那曾经闪着欢乐的亮光的铜器出去
换回来番薯和空心菜

姐姐摘下了结婚的首饰给我交了学费

在冬天的早晨，我上学去

路旁有冻僵的难民

在冬季碧绿的橄榄树下

不是和平，也没有幸福

而有的是和死猫吊在一起的

饥饿的乡亲

于是

我怀着难思的悲愤

用童稚的喉音，悄悄地，却有时深情地

唱着"你是灯塔，照耀着黎明前的海洋"

唱着"山那边哟好地方"

在冬天的夜晚，在北风摇闪的煤油灯下

我打开从香港寄来的书页

听喜儿充满血泪的控诉

"北风吹，雪花飘"

后来，在初中作文竞赛的时候

在《我最喜爱的季节》的命题下

我说，我喜爱冬天

因为冬天，有白雪

可以掩盖人间一切的丑恶和污秽

可以掩盖一切的压迫和不平

因为冬天，无情的北风

将把虚伪的繁荣一扫而尽

使人们突然醒悟

原来生活是寒冷的，冬天，原是严寒

我在这次比赛中，得了第一名

荣誉并没有增加我的虚荣心

我的心，开始满怀着对于人民的春天的

热烈的希望

诅咒冬天

当然，关于冬天的故事，我还可以说得很多

例如，有一个冬天，我在

闽北的崇山间行军，踏着冰雪去解救人民

我在武夷山边的一家农舍之中

和我亲爱的人民一起焚毁田契

然后,我们共同举杯

送走苦难的冬天

为人民的春天敬酒

也是冬天在南日岛,在这个敌前的小岛上

朔风呼号,摇动着沉重的屋瓦

黑夜,我持枪站在海水扑打的礁石上

守卫母亲祖国的安谧的冬夜


然而我想写的

是这样一个冬天

一个冬天,一个永远难忘的冬天

沉睡了二十年的心醒了过来

我惊视周遭,原来还是冬天

我的灵魂在痛苦中新生

而春天的冀企,也换上了崭新的内容

我想歌唱的是冬天的爱情

许多青年男女喜欢把春天和爱情联系在一起

以为那是同义词,我说不是

只有走过冬天的风雪和泥泞道路的情人

才懂得只有冬天才能考验真正的爱情

也就是这个冬天,我知道

什么是爱,什么是战斗的爱

患难把妻子变成生死不渝的战友

而我们无形的爱情

变成了一个金属的物质

永远闪光的不锈的黄金

我知道冬天不会完的

前面还有无数的冬天

我当然,也像迎接春天一样的

迎接冬天

我不是畏惧,而是怀着战斗的豪情

写下这个关于冬天的故事

1970 年 12 月 24 日,鲤鱼洲

# 祝福童年

山间的泉水

透明，洁净

最快乐，也最喧闹

它跳溅着，不疲倦地奔跑着

而且大声地叫嚷着

"生活真美丽，生活真有趣。"

我爱山

我也爱水

因此，我百倍地爱山泉

它给我一个世界

那是我所追求的

然而却失落在梦的边沿

失落在偏僻的为人们所遗忘的山间的世界

如今，当我提笔写下这些句子的时候

我的孩子，我祝福你的童年

你的山间泉水般的童年

因为，我觉得我所失落的

恰是你所拥有的

因此，世界是属于你的

属于你的未来的

你不是城市之子

你生长在田园

犹如蔬菜和谷物

你是在祖国的大地上长大的

当你方满四个月，你便来到了乡间

一位贫农老妈妈

用米汤，用大麦糊

之后，当你长了牙，便用青蚕豆把你养大

不吃妈妈奶水的童年

青蛙和蟋蟀歌唱的童年

鱼虾和菱角滋养的童年

以扬子江边无涯的绿野为摇篮的童年

我羡慕，然而，我并不歌唱

我要不竭地歌唱的

却是你那金色的麦穗般的

长长的、远远的未来的日子


记得那时

北京的杨柳泛绿

你迎着寒冷的早春来到人间

当我从护士手中接过你时，孩子

你圆睁着两眼看着我

多么黑的眼珠

就像是长在我的家乡的龙眼的黑核

你看见了什么呢

世界这么大，这么复杂

那正是阴霾的天气

北方铅块也似的灰色的云翳

压在人们的心头

料峭的寒风卷着塞外的尘沙

在城市的街道上飞扬
不要以为生活就是这样的灰暗,孩子
其实,生活是很好的
生活中没有饥寒
也不乏喧闹的锣鼓
只是,少了一些梦也似的恬静
少了一些雾也似的轻柔

因此,我不说
你有如花的童年
或者是,你生活在幸福中
我觉得,那只会使人耽于安乐
而对真正的幸福的含义产生错觉
幸福,不是公园的草地上母亲手中的摇篮车
不是金黄的鲜橙的甜汁
不是客厅茶几上的巧克力
也不是节日的浅绿色的气球
甚至,也不是你那木板钉成简陋的滑雪车
幸福,是斗争

靠斗争去赢得

不是上帝赐予的圣水

不是草尖的露珠

黎明时就赠给你晶莹的珠光

它要以顽强的毅力去战胜

人世的邪恶和不幸

用满怀情感的温柔的手

抚摸受伤的灵魂

给弱者以信念

用解放者的神圣的良知

释去人们双肩因袭的重负

而使明媚的阳光照临春天的草地

情侣们可以自由地偎依

母亲们可以安静地酣睡

此时，只有此时

你才生活在幸福中

你是最幸福的人

你是斗争的士兵

祝福你的童年

百倍地祝福你斗争的未来

1971 年 1 月 19 日，鲤鱼洲

# 沙漠的歌

我是在荒园，我是在天边的沙漠

风沙装扮喧哗，驼铃述说静默

幻觉中的绿洲，梦境中的村火

我失望，我渴，我是无语的骆驼

不奢求清漪的微波，不祈望奇花与异果

沙原上单调的步履，述说我单调的生活

岁月夺不走青春，我有青春的脉搏

沉默非我的夙愿，我迈步，故我在工作

我召唤春临荒漠,杨柳的婆娑
耐不住难耐的寂寞,我的心灵要唱歌
尽管这是多么艰难,我因而要受折磨
但我仍然要歌唱,这可能是灾难,却也是快乐

1971 年 1 月 26 日,除夕夜,鲤鱼洲灯下

# 墓 铭

为了做一个真实的人
他整整苦斗了一生

1971 年 1 月 31 日

# 北京（玉带桥）

趁着晚凉

游艇驶向玉带桥

你的黑色的裙裾在轻轻拂动

荷花和芦荟[1]

捧起了玉带桥

仿佛彩色的云

映衬着洁白的长虹

这时节

玉泉塔影沉思在一抹斜阳之中

而且

---

[1] 芦荟疑应为芦苇。

还有无尽的蛙鸣

你轻轻地说

你拣回了失落在水乡的

童年的梦影

然而，什么时候呢

我们能够并肩站在玉带桥下

寻找那失落在花香与蛙鸣中的

我们那又幸福又凄凉的

轻轻的喟叹呢

1971 年 4 月 15—18 日

# 阳 朔

当我一个人到阳朔
我感到你在身旁

我要把碧莲峰当作玉簪
把漓江水当作项链
献给你

而且,我还要从桂林
采撷一支神奇的芦笛
向你
吹奏关于爱情的乐曲

后来

我要你一个人去阳朔

你说

你不是为自己,而是为了我

是为了完成爱的使命

到阳朔去的

但是你很幸福

在阳朔浓墨的世界里

你说,你度过了一个美好的

静谧的夜晚

1971 年 4 月 15—18 日

# 杭 州（平湖秋月）

那是在平湖秋月
你挎着手提包
偎倚着我

红色的长裙
如花的发辫
你是那么丰满，那么年青

西子多情的水
拍打着我们脚下的栏杆
我们仿佛什么都没有说
就这么偎依着消磨了一个夜晚

有时一个夜晚

抵上一百年

什么时候品味起来

总是那么甜甜的、清清的

宛若西子多情的水

而有时

数十年过去了

就像一场噩梦

什么时候想起来

总是一片凄凉滋味

1971 年 4 月 15—18 日

# 北 京（香山）

要走了
已是萧索的深秋
可是你执拗地要陪我看一次红叶

而红叶早已凋零
你不失望
却再一次执拗地要陪我攀登鬼见愁

你病弱
是我推着你上了顶峰
你喘着气，幸福地笑了

那时我不懂

为什么你变得这么坚决

我不理解你的深邃

西山，红叶

以及你喘着气的笑

已经化作永不回来的云烟

在我们的生涯中

那不是一次郊游

那是一种盟誓

它是永远不会消失

也不会死亡的

1971年4月15—18日

# 扬 州

最好的中秋月

最好的扬州水

水里有月

月里有柳

五亭桥下瑰丽的夜晚

记得么

我从遥远的家乡来到你的身边

送给你

一只透明的琵琶

一只透明的古筝

十多年了
我没有向你说过这些礼物的意义
我是想
借这些象征着古老文化的乐器
弹奏永恒的,而且是和谐的抒情曲
为了生活
也为了爱

1971年4月15—18日

# 生活的思考

我喜欢,微笑着生活
当然,我更喜欢生活的微笑

尽管生活经常欺骗我
而我不皱眉,也不发牢骚
我想,既然是严肃的生活
我就应该严肃地微笑

而当生活向我微笑
我感激,禁不住我的心跳
我向她说
你笑得这么好看,你真好
你是穿衣镜中幸福的倩影
你是划过爱的星空的一线光耀

然而，生活不是蒙娜丽莎

并不会永远地微笑

犹如在黑夜，划亮一根火柴

只是刹那的光明与燃烧

而无尽的，是那无尽的冥杳

生活是变化无常的

她也无常地变化着我的容貌

好像是厨师随意地揉捏他的面团

然而我的心，始终如日月的皦皦

生活是变化无常的

她摸一下脸，就可以变得无比的凶暴

有时，她是爱神的箭

有时，她是魔鬼的刀

有时，她是苹果的红晕，公园里绿色的躺椅

她是玫瑰带露的含苞

有时，她是暴雨击打着残荷

荒原上狼群的悲嚎

而我仍然前行

尽管生活的道路遥遥

我挺立胸膛

迎接生活无情的煎熬

它可以使我沉默

却永远扼杀不了我的良知的骄傲

也扑灭不了我心头的狂飙

1971 年 4 月 18 日，鲤鱼洲

# 上海

出了北站
我们携手奔向外滩

从南京路到外滩
仿佛行进在神奇的山谷中
而大街,则是山间喧腾的溪涧

从上海关的钟楼上
犹如一只轻柔的手
拨响了外白渡桥这支钢铁的巨琴
而在上海的高空之上
电线和烟囱
乃是巨大的五线谱上蓝色的音符

上海奏着欢乐的迎宾曲
迎接来自北中国的长江的女儿
尽管酷爱清雅的山水的我们
并不喜欢上海
然而,上海是热情的

而当后来
当我饱经忧患重过上海
怀着莫名的喜悦,奔向
你的身边的时候
我在上海这座五彩熠烁的百宝箱中
挑选了一方蝉翼般透明的彩巾
(那是上海送给你的礼物)
我再一次地感到了上海的热情
而且
我有些感激上海了

1971年4月21日

# 厦 门(鼓浪屿)

穿过武夷山麓的晨雾

穿过闽江蓝色的激浪

穿过龙眼浓绿的树墙

以及白玉砌成的海上长堤

为了看海

你跋涉了几千里

鼓浪屿敲着激昂的鼓点欢迎你

日光岩撒下南国花一般的阳光欢迎你

你来到了一棵椰子树下

椰子的阔叶为你招来

南海的熏风

抚摸你——海的女儿

要是你是海

我愿为多情的鸥鹭

要是你是鸥鹭

我愿为终身航海的水手

在鼓浪屿琴韵叮咚的木棉树下的窗口

我唱着爱的歌

我要用心灵的微火

点起海上的灯塔

照着我亲爱的蓝色的海

我要永生永世地

守卫她美丽的甜睡

1971 年 4 月 22 日

# 苏 州

飘过苏州的郊野和上空的
是玉兰和茉莉的香气
迎我们来到这花一般城市的
是花一般的卖花的苏州少女

船只荡过苏州的街沿
搅碎了白色屋墙的倩影
桨声，花香，唱歌一般的苏州方音
令人迷醉的江南风景

记得虎丘道上
我们和人力车工人谈起了未来
记得虎丘山上
我们由南社的诗歌而缅怀过去

苏州给人的,是欢乐呢,还是忧郁

当暗红的丝绒大幕打开

穿着曳地黑旗袍的少妇徐步而出

琵琶铮铮的音响诉说的

就是这种又欢乐又忧郁的情调

这是苏州

而现在,我寻找我留在苏州的怀念

我是多么迷惘

在遥远的古代

安慰枫桥野岸的叹息者

尚有寒山午夜的钟声

但是苏州,能以什么来慰藉此刻我的心情呢

花吗,花一般的少女吗

或者,琵琶忧郁的少女吗

或者,琵琶忧郁的弹唱吗

1971 年 4 月 25 日

# 南京（雨花台）

我们并肩站在烈士碑前
那是黄昏，艳阳如血
映着洁白的碑身，一片红光
这时
在雨花台的山坡上，山谷中
到处开起了鲜花

在雨花台的盘山道上
我和你，好像一对天真的孩子
俯身拣拾那些彩色的石子
我们是在童话的世界里
拾取上天赐予的欢乐呢
而当时，我们确乎是充满了
对于未来的热烈的憧憬

从雨花拣回的彩石

如今,正沉睡在那个尘封的小屋内

在小屋的南面,有一个充满阳光的晾台

燕子曾在那里垒过窝

我们曾在那里植过鲜花

一种小红花爬满了栏杆

为我们的生活点亮了欢乐的小红灯

我近来常常做梦

在梦里,雨花台的彩石闪闪发光

是幸福,还是欢乐

在沉睡之中醒来了

1971 年 4 月 25 日

# 镇 江（金山寺）

金山寺站在长江岸
金山寺上看长江宛如一条闪光的白体
飘向蓝色之东海

当我们登上金山寺
胸中吞吐着氤氲的云气
对未来充满了幻想
爱情、生活、友谊
以及对党的雄伟事业的希望与热情

那是热烈的绿色的夏季
花在开，鸟在唱
长江也充满了生命的力量
我们都那么年青

现在，我好像什么都记不起来了
我记起的是金山寺的暮钟
素食厨中的炊烟和香气
还有，茫茫的江中水
凄凄的山上风

1971 年 4 月 25 日

# 福　州

你穿着鲜丽的连衣裙

来到了我鲜丽的花园般的故乡

即使当时，生活并不是鲜丽的花束

而热烈恋爱中的我们

却以鲜花般的心境迎接了生活

当你用陌生人的异乡人的声音

呼唤我年迈的父母

那一对饱经沧桑的老人流下了欢喜的泪水

一样的低矮的木屋

一样的阴沉的小窗

一样的嘈杂的井台

在那里，关锁了我痛苦的童年

顿时，充满了欢乐的明亮的阳光

如今父母已经永远睡在青青的山上

而我们,也天各一方[1]

不知何日相聚

由福州,我想起一些严肃的主题

现实和幻梦

欢乐和悲哀

都是暂时,都非永久

而如日月般永久的

都是此刻令人异常痛苦的

那种真诚的深沉的思念

包括爱情

也包括友谊

1971 年 4 月 30 日

---

[1] 这时谢冕在江西鲤鱼洲干校,陈素琰在河南信阳干校。

# 武 汉（行吟阁）

诗歌

绚丽的古老的文化

伟大的为政治理想献身的诗人

在湖岸边一尊沉思的塑像

给了我们多么丰富的启示

它使我们热烈的年青的心贴得更紧

那是一种元素

加固了我们永不毁坍的爱之宫殿的础石

难忘清漪的东湖水

那是诗神明亮的眸子

难忘碧绿的珞珈山

那是爱神青黛的发髻

而行吟阁

它是一种庄严的声音
是天老地荒也不消失的
爱与诗的圣洁的盟誓

记得在我们的卧室中
断了臂膀的裸体的维纳斯在微笑
她的不竭的光辉
曾经照亮了我们长长的蜜月
那时我想
我们还应当有另一尊塑像
那就是手持诗卷行吟泽畔的伟大的诗人
然而,也就是从那时开始
诗人消失了
维纳斯的明亮的眼睛
似乎也蒙上了深沉的哀愁

我多么怀念当时的行吟阁

1971年4月30日

# 无 锡

你说过太湖的波光

你说过龙头渚后山的杨梅落了一地

你说过一个到洞庭山种田的美丽的梦

我最不能忘的

是你说过,在无锡

这个江南不大的城市的每个角落

飘浮着悠雅而甜蜜的锡剧和苏州评弹的声音

那声音,欢乐中带着淡淡的哀愁

如怨如诉,又浸透了抒情的汁液

我没有到过无锡

而我却喜欢了无锡

无锡,莫非就是江南采莲女郎在窗口

梳理那油黑的发辫

叹息般地歌唱她的爱情和幻想

凄楚的,也是淡淡的欢乐吗

你爱长江岸的无锡

因为你怀有家乡般的悲情

我爱无锡,因为你叙述了

无锡令人迷惘的、令人神往的梦一般的音乐

如今我怀念无锡

因为我不知道

音乐是否还飘浮在那南国潮润的空气中

1971 年 5 月 1 日

# 南 昌

如今想起南昌

不是八一广场上通红的火炬

也不是那闪闪发光的红缨枪

八一纪念馆重门深锁

八一桥下的江水浑黄

我的思想,犹如长久的阴雨的灰黑的云层

我的记忆,滞涩的铅块

它在沉坠,向梦的深谷沉坠

如今想起南昌

一种凄凉的情感,一种永难填补的失望

为了迎接你的到来,我满心喜悦地奔向南昌

然而,一根无形的无情的绳索把我捆走了

当你冒着酷暑,跋涉数千里来到我的身边

## 爱 简

几日的团聚，你匆匆地走了
我想到南昌送你
还是那根绳索，使你
只能独自对着一家饭店的窗口沉思

什么记忆都没有留下
唯有天子庙黄浊的滚滚的水 [1]
载走了你的眼泪，你的亲爱的身影
唯有那汽笛的一声长鸣
凄然的渐远渐淡的黑烟
唯有得知你已离去
孩子失望的责备的声音
"妈妈走了？怎么不告诉我！"

南昌，什么记忆都没有留下

---

[1] 北京大学"五七干校"设在江西鄱阳湖畔的鲤鱼洲。陈素琰此时到干校探望谢冕。谢冕未获准到南昌市送行，只能在抚河边的天子庙告别。天子庙距鲤鱼洲十多公里，乘小轮船可达南昌。

当你离去，我们站在没有树木的抚河岸

凄然相对，似乎想说什么

却什么也说不出

你来了，你为什么而来

你走了，你又走向何方

你为何爱而来，又为何爱而去吗

我们都说不清楚


天际飘过来一朵云

云啊，云啊，你是自己随意飘行

还是那无情的风的魔手推动着呢

1971 年 5 月 1 日

# 昆 明

到昆明正是深秋
细雨萧萧,犹如晚春
四季的鲜花都在开放
春天的凤仙
夏日的牡丹
秋天的篱菊
而在西山之上的华亭寺
一树腊梅在喷吐着幽幽的香气

到过龙门
八百里滇池波光潋滟
那龙门,则似海边一柱挺立的石剑
我惊叹造物者的鬼斧神工
我更赞美,那一锤锤凿开龙门的

粗糙的劳动的手

那是创造艺术的手

大观楼的天下第一长联

黑龙潭的唐代古梅

筇竹寺栩栩如生的彩塑

大理石石砚的黄山松的画面

以及那色彩艳丽的异族姑娘的挎包

昆明给我以巨大的满足

然而,我的心却从昆明继续南飞

在昆明

我想起我的深爱的西双版纳

那是我灵魂的故乡

那竹楼,那芦笙

那摇着纺车在火塘边歌唱的少女

那长及脚面的彩色的筒裙

澜沧江边芭蕉树下的孔雀

斜倚花伞的抒情的赶摆

还有我所喜爱的充满异族情调的傣家人的歌唱

从那里，我吸取了诗的丰富的养料

昆明给了我极大的满足

然而，不满足的心却飞向西双版纳

1971 年 5 月 1 日

# 贵 阳（花溪）

春江花月夜

我们都喜欢的一首诗，一支古曲

它陪伴我们度过多少美好的宵夜

乐声起处，月色、花香和潺潺的溪泉

如慈母温柔的手抚摸我们

流进了我们的心

融化了我们的积郁

这时窗口的帷帘轻拂

台灯发出柔和的光

一杯香茗，几缕青烟

孩子的鼾音，你的微笑

小楼外面，洋槐白花的星串发出幽香

这就是北京的五月之夜

春江花月的微醉的五月之夜

我多么喜欢此种意境

我走遍祖国的南北寻找它

当我来到花溪

我的心灵为之惊愕

宛若遇见情人的狂喜

我扑向花溪的山崖水滨

溪水如琴韵

溪水在闪光

溪水仿佛披着秀发的慵懒萨皮纳 [1]

溪水使人想起抒情的诗歌

花溪沿岸

田野如茵

盛装的各族妇女在耕耘

一条花溪

---

[1] 萨皮纳,《约翰·克里斯朵夫》中的少妇,在《告别》一诗中出现过。

使我在现实的国土上
找到了我理想的境界

1971年5月1日

# 重 庆

在重庆
我很少想到它有什么花草
没有想到月亮,也不想
溪流,不想晨风和鸟鸣
重庆和这些是不相干的
但是在重庆
我也很少看到煤烟
甚至也没有听到钢铁的轰鸣
重庆不是上海,不似武汉
当然,它更不是杭州

重庆是壮伟的美
它不是抒情诗
它是气势磅礴的交响声

夜晚，我站在嘉陵江铁桥上
江水浩荡
夜雾沉沉
天上所有的星辰都落了下来
装扮山城瑰丽的夜景
灯的山，流着明亮的星云
灯的河，翻滚着银色的锦缎
夜雾好似一袭硕大的透明的纱幔
为山城的夜罩上一层神秘的羽翼
应该献给重庆

一个壮丽的交响乐章
可是，我们的作曲家呢

1971年5月1日

# 成 都（草堂）

浣花溪从草堂前面流过

这一天，我叩响了草堂的柴门

诗人带领我

沿着花径来到如雪的梅林

草堂是幽静的

是诗人在构思他的新的诗稿吗

在草堂，我想起

他伟大的，也是潦倒的一生

想起许多热爱祖国和人民的歌唱

然而，我更想起

他对那个时代另一颗

明亮星辰的深沉的情感

他把伟大的同情寄予了那颗不屈的灵魂
尽管比他年长, 但却是心灵的挚友

而几乎所有的有着崇高思想的人
都是历史上不幸的人

在那个时代, 同情与体贴是多么少啊
在那个时代, 天才的命运是多么悲惨啊
而在那个时代
为一个受蹂躏的灵魂不平
敢于喊出正义的声音
需要多大的勇气
需要承担多大的风险
从这里
我看到了我们民族赖以自豪的
伟大的良心和理智

站在梅林，望远古的浣花溪
我获得了生活中变得稀少的
一种情操
我真的欢喜了

1971 年 5 月 1 日

## 西 安（沉香亭）

我不认得沉香亭了
它不是我所想象的沉香亭
世界变得多么快啊
我什么都不认得了
包括我所熟悉的沉香亭
唯有牡丹依然在无语地开放

它就是沉香亭么
音乐呢,诗歌呢,爱情呢
还有那凭恃天才而放肆的骄傲呢
还有那由鲜花和音乐组成的和谐的夜色呢
只有牡丹依然在那里默默地开放

1971 年 5 月 5 日

# 桂 林

每一座山峰都有碧绿而芬香的桂花树
迎接南国特别明亮的太阳闪着绿色的光彩
在南海吹来的暖风中微微颤动,婀娜多姿
而把它们的绿色和香气撒满了整条漓江
于是,漓江也以充满了沁人肺腑的
桂花香和碧玉一般的鲜丽的水
从桂林城中缓缓流过

你闻见桂花的香气么
它是轻柔的、淡淡的,然而也是不可捉摸的
当你着意寻找它的时候,你找不到
而当你在梦中,在沉思,在苦闷与忧愁时
它的清雅的花香便悄悄来访
它抚慰受伤的心灵,给以淡淡的欢喜

那种鹅黄鸭绿的小花,似是小珠粒般的小花

它没有艳丽的花瓣,也没有熏人的异香

面临桂林的山水,我想到的

就是这种清雅而高尚的小花


在独秀峰上,在叠彩山下,在水月洞边

甚至当我孩子似的坐在漓江边, 把脚伸入水中

我处处闻到此种桂花的香气

处处感受到此种桂花的色泽

桂林给人的印象不是惨烈,而是恬淡

在桂林,无论何时总感到宁静与安谧

是一种休息,而这种休息是何等珍贵啊

桂林当然也留在我的记忆之中

这种记忆好似甜蜜的梦

一种什么时候回忆起来都是甜甜的、清清的, 也是

历久不忘的梦

1971 年 5 月 5 日

# 杭 州

我们驰车飞一般越过苏堤

那绿浓的柳丝好似你多情的裙带

在六和塔我们迎着钱塘江上的和风

看列车如电,为争夺黑桃皇后而发出笑声

在西泠桥,在三潭印月

桨声荡碎了一湖银光

灵隐的飞泉,岳坟的古柏

柳浪起处,莺歌燕舞

西子湖,西子湖

我们把青春和爱情留在你的草野和波光中了

记得在杭州

我赠你一把粉红的绸伞

我想那象征着,爱情的光彩

永远照耀着你的生命

在杭州离别的刹那

我把一件黑色的衣服

披在你的肩上

夜凉露重

让它代我抚慰我所爱的心灵

西子湖,西子湖

你是我的热烈的爱情的见证

1971年5月5日

# 天 津

此刻想起天津
它已离我很远
我依稀记得
海河边上乳白色的灯柱
映照着那繁荣的市街

此刻想起天津
它已离我很远
我依稀记得
是子牙河流过杨柳青的沃野
两岸的重柳一起向它致意
我当时多么喜欢杨柳青
它的名字充满了绿色和春意
听到它,我仿佛也变得年青

当我在天津的时候

我还想说话，还想

自由地表达一种思想

而现在，我变成了另一个人

孤独与我交了朋友

沉默也渐渐成了习惯

因此当我想起天津

不是想起强烈的城市的声音

不是烟囱的黑烟和港口的气浪

不是乳白色的灯柱的光芒

而是杨柳青的田野景色

我要去田野了

我要去杨柳青的怀抱了

我不要歌唱

我要耕耘

1971年5月5日

# 沙 市

那小城
那灯火
那喘着粗气的长江
沙市是忙碌的
汽笛长鸣,汽车和排子车
敲打着城市的水泥街道
沙市以饱满的热情工作着

而当夜晚
长江江面上,到处是闪闪烁烁的灯火
宛若含情脉脉的情人的眼睛
夏夜有微微的江风
还有薄薄的江雾
城市在反刍着生活的甜味

然而城市没有睡
剧场和茶馆的灯打开了
湖北渔鼓咚咚地响着
沙市穿着漂亮的舞衣在歌唱
当夜戏散了
街道上笑语如浪
夜市喷发着一阵阵油香
和那碗碟磕碰的声音
自行车的铃声
年轻夫妇携手归去，脚步款款之声
这是生活的甜蜜的声音

我怀念沙市
因为我怀念
这种生活的真实
这种生活的本来的醇酒般的气息和声音

1971年5月9日

## 凯 里（黔东南苗族侗族自治州首府）

那螺髻好似苗岭的秀丽

那项链和手镯好似清水江透明的涟漪

宽袖，窄裙

那艳丽的花边好似雨后的彩虹

我遇见苗族女儿

总是这样一身黑衣

簪笄和耳环、项链和手镯，浑身上下银光闪闪

而且总是那么喜欢静静地伫立

伫立在静静的清水江边

若有所失，若有所思

好像总是那么喜欢幻想

也许是清秀的山水赋予的气质吧

告诉我,异族秀丽的儿女
当你浣衣江岸,斜提木桶
忘了举杵,忘了归去
你是望着变幻的炊烟和白云吗
你是望着飞向苗岭山上的喜鹊吗
清晨
你走出小楼的木梯
挑着一担鲜红的桔子
小船飘过清澈的江面
拨开了薄薄的江雾
我仿佛看见
在碧绿的初冬的桔林深处
你的闪光的手镯
映着朝雾的光辉
你微笑着用灵巧的女儿的手
摘下了带露的桔子
连同那青青的叶子

装入那青青的竹篮
在苗岭山下
我处处闻到了如此浓郁的
生活的色调和气芬

1971 年 5 月 10 日

# 爱 简

长长的别离
恻恻的相忆
忧患是无尽的商数
幸福呢,幸福飘写在遥遥的天际

告诉我,亲爱的
我们有家吗
那灯火,那微笑的维纳斯
那案头一盆文竹的沉思
如今都在哪里

告诉我,什么时候呢
什么时候我们将再团聚
那时,我将怀着初恋的热烈

拥抱你，以我柔情的双臂
抚摸你，新浴后枕边的散发
守卫你欲睡的眼睛，星星般闪耀
静夜，我聆听你甜甜的梦也似的耳语
"你闻见了吗？"那么清，那么淡
那是什么花的香气

而且五月
五月的夜晚多么美丽
我们共倚楼台
望明月在空，大地如洗
看星星展开金色的双翼
那时节，我们淡蓝的帷帘轻拂
微风里，槐花悄悄落了一地
那种我们都喜爱的平凡的小白花
岁岁年年，总是它带来京城春浓的讯息
它象征爱情，象征生活的芬香
象征纯真而洁白的心地
如今又在哪里呢，我们喜爱的小花

它带给我们多少痛苦,多少甜蜜

记得当时
我们年青,有着多么广阔的思想的天地
云彩般斑斓
飞鸟般迅疾
我们幻想爱情和友谊
幻想人民理想的胜利
幻想音乐与诗的美好的旋律
如今呢,难道
难道它已经死去
然而,人们不是说过吗
美丽的东西不会死亡
不朽的是属于未来的壮丽
当我写这些句子的时候
我们这座茅屋在风雨中颤栗
我听到疯狂的吼叫
我听到凄凉的哭泣
啊,灯光摇闪,草木伏地

那猩红的酒也似的夕阳
那湛蓝的海也似的天宇
都已敛迹
一切的温暖与和谐
一切的欢乐与安谧
都在这突来的淫威中喘息

告诉我，亲爱的
我们不是生活在春天吗
为何会有如此凛冽的冬季

记得当时
歌诗满座，长裙如水
我们的朋友才华横溢
我的生活节日般热烈而富有诗意
华灯
柳影
倚肩而行的长长的影子
无尽的是心灵的言语

短促的是夜色的凄迷

还有那湖滨的节日夜

抒情的三步舞曲泛起轻轻的涟漪

烟花的倒影童话般神奇

忘了露华浓

忘了夜沉寂

我们在高高的楼台之上凝立

为古老民族青春的壮丽

为我们少年时代就立志为之献身的社会主义

我们虔诚祝祷

在透明的高脚酒杯里

斟满了葡萄酒通红的汁液


我多么爱生我养我的人民

我多么爱生我养我的大地

而你,你诅咒过属于你的父辈的阶级

举起党的鲜红的反叛的战旗

以草绿的军衣,代替了闪光的轻縠

在应该恋爱的少女的年纪

怀仁堂和紫光阁

留下你翩跹的舞影

东海孤岛的沙滩上

有我巡逻的踪迹

反动派的迫害与残杀

旧社会的饥饿和疮痍

我们难道能够忘记

啊，不，我们永生永世也不会忘记

无数中华民族优秀儿女的鲜血

我们的战友和先烈的壮志

我们难道会背弃

啊，不，天荒地老我们也不会背弃

我们始终是人民忠实的儿女

我们永远是剥削者无情的仇敌

无论遭受多大的折磨与耻辱

尽管它来自我的同志和兄弟

它不会使我失去骄傲和荣誉

我爱祖国的丹心矢志不移

我对于党和人民的忠诚

是坚毅，坚毅，再一个坚毅

长长的别离

恻恻的回忆

回来吧，我的美丽的爱情

回来吧，我的青春的幻想与活力

啊，回来吧

我的理想、我的火红的战旗

我年青的战斗者的足迹

我的生命属于你们

在我的大脑的皱折

在我的殷红的血液

历史和荣誉，理想和现实，步枪和红旗

它们永远活着

在我的动脉里冲击

在我的脉搏中跳动，永不止息

1971年5月26日，鄱阳湖边

# 夜 雨

梅兰池上雨倾盆

天子庙边雷打门

茅屋水漏江河注[1]

电闪过处皆如银

天低野旷身萧然

永夜转侧思如云

雨骤风狂虎狼吼

心静拟之听幽琴

且喜屋角六尺苇

贻我心野绿无垠

---

[1] 在鲤鱼洲"五七干校",住所为教师自己搭建以毛竹为梁柱的草棚。因为湿热,屋角长起茅草。

更有床头千蛙舞

慰我寥寂彻夜鸣

离愁似水止复流

思君凄然更思君

难忘五月夜如水

槐花飘雪落纷纷

悲歌婉转送花去

留取花香净我心

问君小楼今在否

良宵何处祭花魂

      1971年6月1日,鲤鱼洲

# 爱 简

> 痛苦与忧愁叩打我们的大门，
> 比幸福与快乐发出更大的声响
> ——[英]赫胥黎

又是秋天
萧瑟的秋风
摇撼着白杨的叶片
我看见,叶儿慢慢地黄了
飘落,飘落在萧瑟的湖边

在湖边
老人的白发在增添
孩子丢失了童年

尽管秋阳微笑而且温暖

湖水也泛着好看的涟漪

岁月无情

才种的白杨已爬过我们高高的窗前

在湖边

我们的小楼平安

依然的红墙,依然的绿窗

依然柔和的台灯的光线

照着我们倚肩而读的书案

那小楼

那燕子曾来筑窝的屋檐

梦也似的飘过

你的长长的发辫

你的黑色的裙沿

夜晚

湖边的灯火阑珊

想象中，你正俯首翻读芬香的书卷
清晨，荷叶上珠露清圆
宛若你在阳台理妆
对着朝雾的漫漫

然而，盆花萎了
尘封的紫瓶
也失去了透明的光艳
又是秋天
又是秋天
我回来了，我们终于不能相见[1]

我寻找
我呼唤
空虚，回荡在沉寂的空间
不是无可挽回的死别
唯其此种人为的隔绝

---

[1] 1971年9月，北大江西鲤鱼洲"五七干校"解散，谢冕回到北京，而陈素琰仍在河南信阳干校。

使我心坠入悲伤之深渊

永远无以平填

有时我恨我的软弱

容易伤感，屈于强力也太易悲叹

我应该学会仇恨

学会把痛苦化作愤怒的无言

但理智要我坚毅

感情却不免缠绵

尽管我当过士兵

却缺乏战士的刚健

当荣誉受到玷污

当友谊和信任发生背叛

不要叹息

也不要对着命运发出责难

为什么不应当喷吐愤怒的火焰

感谢你
感谢你直到生命的终点

因为你选择了做一个平凡人的妻子
甘心与我共受磨难
自从我们同居
痛苦多于欢乐
生活的路途多么不平坦
感谢你的信任与同情
你了解我这样一个真实的共产党员
你作了巨大的牺牲
你无愧于战士之妻的勇敢

白发已悄然爬上两鬓
皱纹铭刻着苦难的忆念
青春不老
衰老的只是容颜
爱情啊，在风暴中经受考验
的确，我们是成人了

要坚定

要强顽

要永生永世地相爱着

向怀有恶意的生活宣战

1971 年 9 月 11 日重返京华，9 月 30 日作于燕园

# 爱 简

那湖滨是你我所爱的
那湖滨有柳色的凄迷
轻纱裹着的梦的裙裾
拂过微波的悠悠的叹息
花香、塔影、荡漾的涟漪
那时节,我听见了忧愁
我听见忧愁踏着盈盈的步履

那湖滨是你我所爱的
那湖滨有白云的飘移
充满童真的思想的羽翼
闪耀在蔚蓝的淡淡的天际
舒卷、变幻、青春的嬉欢

那时节，我听见了惆怅

我听见惆怅召唤那遥远的记忆

那湖滨是你我所爱的

那湖滨曾留下幸福的踪迹

仲夏夜看月亮向湖心沉去

花丛中聆听那白杨的絮语

多少个春晨多少个秋日的傍晚

湖水拖着我们长长的影子

那时节，朋友多么年青

充满了诗情与才气

彼此的心地明亮

无需防范的藩篱

生活的纯真的声音向我们呼喊

为真理而奋斗的青春最美丽

那湖滨寄托了多少的幻想和希冀

那湖滨失落了多少的忧愁和欢喜

多少次春风吹柳绵乍起

多少次秋雨过落英满地

悄悄地，消磨了青春的锐利

在湖滨，我听见那盈盈的步履

在湖滨，我召唤那遥远的记忆

那湖滨是你我所爱的

那湖滨是你我所爱的

1972年7月12日，燕园湖滨

# 告诉我，思想是什么

告诉我，思想是什么
告诉我，天上悠悠的云朵
是梦中的急雨，野马山丛中驰过
是海面的狂澜，月下春江的柔波

告诉我，思想是什么
告诉我，雨后虹霓的彩色
是草尖的珠露，短笛奏着牧歌
是燃烧的旗帜，山谷深处的微火

告诉我，思想是什么
告诉我，它是痛苦抑是欢乐
是折磨心灵的正义，又青又涩的苦果
静夜酿造丰收，它是一架台灯的寂寞

告诉我,思想是什么
请你告诉我,解尽我久远的疑惑
什么时候开始,它带来阵痛
而人们却习惯了它的死亡的缄默

1972年12月6日,改毕于洪水峪[1]

---

[1] 洪水峪是北京郊区门头沟一村庄,1972年,谢冕带领1972级中文系工农兵学员在此"开门办学"。

# 离别寻常事 [1]

离别寻常事，何用怛恻恻
生涯多风波，久安不可得
春城花月盛，瘴疠久断绝
万里滇南路，此心亦忐忑
感怀葫芦信，情深固难夺
愿托望夫云，旅安报京阙
版纳林森森，澜沧浴孔雀
景洪黎明城，朝日光霍霍
龙门千丈岩，坚石为君斫
滇池万顷水，寸怀澄似雪

---

[1] 1973年9月，谢冕离京带领工农兵学员到云南西双版纳农村"开门办学"。

美景奈何天，恨不共怡悦

夜梦笔生花，江淹才未竭

生命期永远，歌诗殷勤作

1973 年 9 月 18 日午，京昆 31 次列车上

## 图书在版编目（CIP）数据

爱简 / 谢冕著；洪子诚编选. —北京：北京大学出版社，2022.7
ISBN 978-7-301-33000-5

Ⅰ. ①爱… Ⅱ. ①谢… ②洪… Ⅲ. ①诗集 — 中国 — 当代
Ⅳ. ① I227

中国版本图书馆 CIP 数据核字 (2022) 第 078636 号

| | | |
|---|---|---|
| 书　　　名 | 爱简<br>AIJIAN | |
| 著作责任者 | 谢冕 著　　洪子诚 编选 | |
| 责任编辑 | 于海冰 | |
| 标准书号 | ISBN 978-7-301-33000-5 | |
| 出版发行 | 北京大学出版社 | |
| 地　　　址 | 北京市海淀区成府路 205 号　　100871 | |
| 网　　　址 | http://www.pup.cn　　新浪微博：@北京大学出版社 @培文图书 | |
| 电子信箱 | pw@pup.pku.edu.cn | |
| 电　　　话 | 邮购部 010-62752015　　发行部 010-62750672<br>编辑部 010-62750883 | |
| 印 刷 者 | 天津光之彩印刷有限公司 | |
| 经 销 者 | 新华书店<br>787 毫米 ×1092 毫米　32 开本　7.25 印张　70 千字<br>2022 年 7 月第 1 版　　2022 年 7 月第 1 次印刷 | |
| 定　　　价 | 68.00 元 | |

未经许可，不得以任何方式复制或抄袭本书之部分或全部内容。
**版权所有，侵权必究**
举报电话：010-62752024　电子信箱：fd@pup.pku.edu.cn
图书如有印装质量问题，请与出版部联系，电话：010-62756370